Diretor Editorial
Christiano Menezes

Diretor de Novos Negócios
Chico de Assis

Diretor de Planejamento
Marcel Souto Maior

Diretor Comercial
Gilberto Capelo

Diretora de Estratégia Editorial
Raquel Moritz

Gerente de Marca
Arthur Moraes

Gerente Editorial
Marcia Heloisa

Editor
Bruno Dorigatti

Capa e Projeto Gráfico
Retina 78

Coordenador de Diagramação
Sergio Chaves

Designer Assistente
Ricardo Brito

Preparação
Vinicius Tomazinho

Revisão
Rodrigo Lobo Damasceno

Finalização
Roberto Geronimo

Marketing Estratégico
Ag. Mandíbula

Impressão e Acabamento
Braspor

DADOS INTERNACIONAIS DE CATALOGAÇÃO NA PUBLICAÇÃO (CIP)
Jéssica de Oliveira Molinari CRB-8/985

Porter, Max
Timidez / Max Porter ; tradução de Alexandre Barbosa de Souza.
— Rio de Janeiro : DarkSide Books, 2025.
128 p.

ISBN: 978-65-5598-579-5
Título original: Shy

1. Ficção inglesa
I. Título II. Souza, Alexandre Barbosa de

25-4394 CDD 823

Índice para catálogo sistemático:
1. Ficção inglesa

[2025]

DarkSide® *Entretenimento* LTDA.
Rua General Roca, 935/504 — Tijuca
20521-071 — Rio de Janeiro — RJ — Brasil
www.darksidebooks.com

MAX PORTER

TIMI-
-DEZ

tradução
Alexandre Barbosa de Souza

DARKSIDE

Para Lisa Baker

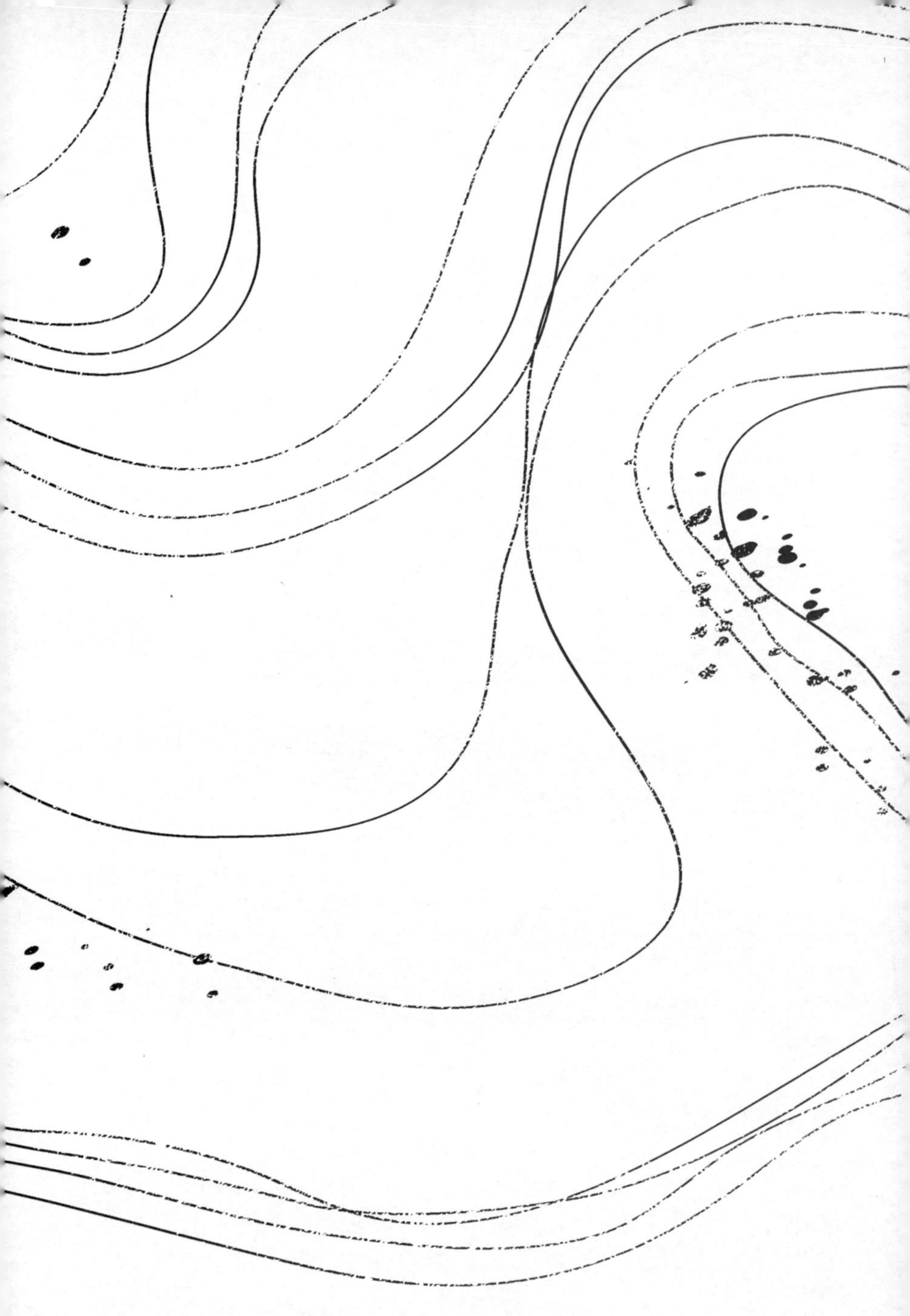

Pra cima deles, Shy.

A mochila tem um peso chocante.

As tábuas do assoalho se queixam.

Ele confere de novo: o baseado está na diagonal no fundo do maço vazio de Embassy.

A conferência diurna está a meio sonho de distância.

O quarto está derretendo. Tentador.

Agitado.

A mochila tem um peso chocante.

São três e treze da madrugada.

É um saco cheio de pedras, claro que é pesado.

> ***O sílex comum tem cerca de 600 milhões de anos, disse Steve.***

Uma observação peremptória. As alças da mochila rangem.

Fones de ouvido a postos.

Pandemônio *Expedição Andrômeda*, Plymouth, 1994, Fita 1.

Randall back2back Kenny Ken.

> ***Expresse como você está se sentindo.***

Jungle.

O píncaro.

O Amém.

Todo-poderoso.

Um modo de vida.

Grande quente e pesado.

600 milhões de anos, e a gente se acha durão quando chega no máximo aos cem. Ele não consegue manter isso parado em sua cabeça.

Tamanho.

Borboletas no estômago.

Tempo.

Leve vontade de cagar.

Ele sai do quarto escuro. O quarto de Shy menos o Shy. *Eve 1965* entalhado na viga. Um coração torto entalhado na viga. *1891* entalhado na viga. *Shy 95*, recente e pessimamente arranhado na viga, com um S anguloso como um Z. Nem isso ele fazia direito.

O futuro é aqui, Shy. É seu.

Ele fica parado no meio do tapete do corredor para evitar o rangido.

Jamie nunca dorme, mas estará com os fones de ouvido. Steve, Amanda, Owen estão no andar de baixo, Benny, Cal Metido, Paul, Riley, Ash.

A mochila tem um peso chocante.

Babaquinha bisbilhoteiro.

Seus ombros estão acabando com ele.

Um passo, depois outro.

Vai de leve.

Cheiro do chilli con carne de hoje.

Axilas e comida, tapetes e peidos.

É a tua mãe.

Comida mexicana-texana e pedra úmida antiga.

Ele para ao pé da escada e mordisca a pele do polegar.

Naique-naique-naique, o relógio de luz soa como um rebobinar interrompido.

Capturado entre tempos. Na dobra. Escapando.

Pequeno Shy a uma da tarde com o resto da maconha e sua fita favorita. Menino na escada, entrando. *O Jardim da Meia-noite de Tom.* É como ele se sente, caralho, é exatamente isso. Ele não pensava nesse livro fazia muitos anos.

"Este é o Shy. Geralmente ele pode ser encontrado aqui, nos fundos, com seus fones de ouvido, falando sozinho. Ele não quer ser filmado. Mas você pode dar um alô, por favor, Shy?"

Se essas alças rasgarem, acabou-se, cem lascas de sílex se espalham pelas lajes de pedra ao pé da escada. Escada catalogada, piso catalogado, história catalogada, professores furiosos.

Porcaria de mochila Reebok que ele teve a vida inteira.

Desodorante Lynx África.

Seu coração bombeia tum-tum-tum como se ele estivesse apavorado.

Drama idiota sem público. Excesso de pensamento encobrindo dublagens.

Fizemos tanto progresso hoje, Shy, que estou realmente maravilhada.

Ele pichou, cheirou, fumou, xingou, roubou, cortou, socou, correu, pulou, bateu um Escort, quebrou a vitrine de uma loja, destruiu uma casa, fraturou um nariz, esfaqueou o dedo do padrasto, mas fazia algum tempo que ele não se arrastava. É um trabalho estressante.

"Jovens psicologicamente perturbados exigindo abordagem educacional especial, ou um bando de delinquentes juvenis em um retiro campestre pago pelos contribuintes?"

Ele atravessa e vai até a estufa, nove passos acarpetados, silenciosos e cuidadosos, até a janela alta detrás da escandalosa cortina floral. Isso ainda vai ser usado na cozinha de alguma grã-fina babaca no ano que vem. As janelas antigas não abrem. As novas, trocadas nos anos sessenta, abrem com facilidade e em silêncio. Ele sai da casa bolorenta e veste o capuz.

[A câmera faz uma panorâmica do gramado.] "Um grupo de adolescentes comuns chutando uma bola, ou alguns dos jovens infratores mais perturbados e violentos do país? Aqui na inusitada escola Última Chance, a todo instante a resposta é reiterada: eles podem ser as duas coisas."

Ele poderia correr, sumir depressa dali, mas as pedras fariam barulho, de modo que ele continua se arrastando. Olha rapidamente de novo para a casa e pensa em todo mundo que está lá dentro. Aconchegados. Owen e a equipe do turno da noite e os meninos. Nocauteados até tocar o alarme, balbuciando e respirando e sonhando com qualquer porra angustiada ou violenta ou delicada e serena com que eles sonham. Todo mundo diz que o sono por aqui é enlouquecedoramente profundo. Os garotos novos falam de sonhos malucos, e depois as histórias de fantasmas circulam (a sra. Nash que fica vigiando quando você adormece e suga a sua respiração à noite; o velhinho magrelo de pijama que fica subindo e descendo a escada dos fundos pingando mijo) e a história real de sir Henry Radcliffe que matou uma criada no quarto de cima que fica trancado e é por isso que todo mundo ouve um grito logo que se muda para cá, na calada da noite, um único grito, boas-vindas da casa oferecidas por seu próprio passado de traumas. Todo mundo ouviu, e se não ouviu finge que ouviu.

Ora, um menino tão inteligente, você realmente quer descarrilar o seu próprio trem, não é?

A noite é imensa e machuca.

Mas que babaquinha melindroso é você? Achou que estava deprimido?

Ele dá as costas e perambula em direção ao azul.
Uma sombra móvel.

No ano passado, ainda em casa, ainda na escola normal, quando ele foi à casa da Becky almoçar, ele estava demorando para conseguir colocar o fedorento e gorduroso preservativo, o volume inútil mole como massa de bolo, inerte, Becky sendo gentil e excessivamente solícita, acariciando delicadamente, balançando-o de um lado para o outro e apertando, tentando um sorriso semiofegante de compaixão, olhando para aquilo como se estivesse ferido, pobrezinho, triste pinto, o que piorou tudo mais ainda, de modo que ele se vestiu, sem falar nada, não foi simpático, saiu correndo, vermelho e sem pôr a camisa para dentro da calça, Becky pediu que ele ficasse, sossegasse, fizesse unzinho, relaxasse, não fizesse tempestade em copo d'água, mas ele desceu a escada com estardalhaço, constrangido e choramingando, saiu da casa da Becky envergonhado, voltou correndo para a escola e pensou que se a vida fosse todo esse estresse, esse tanto de pressão, era demais, puta que o pariu, era uma aporrinhação sem fim, como as pessoas lidavam com isso, Becky sendo gentil, a vergonha virando raiva, preso ao último equívoco, todo mundo esperando o próximo, jamais se sentar em um quarto limpo e arrumado com uma pessoa simpática ouvindo, pensando em alguma coisa que eles queiram ouvir, trechos ocasionais do canal proibido, dentro de casa, só ficar bem, à toa, de vez em quando se divertindo depois voltando para o buraco, todo aquele estrago, então, a inescapável atmosfera de ter estragado tudo, voltando à estaca zero, manipulado, o rosto triste de Becky olhando para seu pauzinho bege, encolhido, prepúcio enrugado feito uma toupeira na toca, como um traidor, depois de tanta ereção furiosa, tanto encoxamento, aprendendo a chupá-la, horas e horas de pau duro, cuecas meladas e lábios secos, jesus como ele queria se enrolar e soluçar, todas as punhetas dos intervalos, todos os *ainda não estamos preparados*, toda essa típica frustração, ele sempre imagina como as coisas vão ser e se irrita quando não saem exatamente assim, agora ele tem duas aulas de química, e todas as lições, agravantes de mau-humor, o cheiro daquele laboratório, a sra. Fryn enchendo o saco dele, ele querendo voltar atrás, rebobinar, de volta para as bravatas, a excitação, os formigamentos, a escola está provocando ele, aquelas escadarias intermináveis, corredores compridos, não ouviu o sinal, ainda com aquela cara de virgem, entrou depressa na ala de ciências, largou a mochila no chão do laboratório de química e começou a jogar conversa fora com o Noddy, e a sra. Fryn disse *Acho que não estou gostando da sua atitude*, e ele disse acho que não gosto da sua cara, e ela o mandou para a diretoria imediatamente, e ele disse Na verdade vá se foder e ao sair ele arrastou o braço na bancada e derrubou um, dois, três, quatro, cinco conjuntos inteiros de química, quebrando frascos de vidro e tubos com ácido e presilhas de metal e bicos de Bunsen, e se seguiram engasgos e risos dos colegas de avental e ele saiu de uma vez da escola, acendeu um cigarro no parque, imaginou que provavelmente aquilo seria a gota d'água em termos de escola para ele e ele sabia que teria que sentar e ouvir as perguntas repetitivas com aquele tom de superioridade da mãe a noite inteira, *Mas por quê, mas o que deu em você, você está me ouvindo o que está acontecendo com você, por que você está fazendo isso comigo, me explica, fala com a gente*, o padrasto parado na porta com aquele olhar de juiz, babaca arrogante do caralho, de modo que ele foi para a casa da Gill e do Michael, eles deixavam uma chave debaixo do capacho para ele e, se as coisas piorassem muito, ele tinha permissão de ficar sentado na cozinha elegante da casa deles e sossegar a cabeça, amigos da mãe e do padrasto dele, nunca tiveram filhos, talvez Gill seja sua madrinha, ele não lembra, ele nunca entra na casa, fica andando pela cozinha, balbuciando um pouco, come vários biscoitos recheados, fica olhando as coisas deles, Gill e Michael em Paris, Gill e Michael em Corfu, um cartaz enquadrado escrito 99% DE PROBABILIDADE DE VINHO HOJE, um calendário com pássaros de jardim, ele abre o armário de bebidas e toma um gole de gim, então fuma um cigarro no quintal, caminhando, pensando quem dera ainda tivesse aquela anfetamina da Fantazia, então toma um copo de vodca, depois encontra umas latas de Kronenbourg na geladeira e manda goela abaixo, daí toma mais vodca e se deita no sofá da estufa, depois bebe outra lata de cerveja e fuma um cigarro, então escuta a porta da frente se abrir, de modo que ele bate a porta da cozinha, pensa no que fazer, ouve Gill assustada soltando um *oh*, pega uma cadeira, arrebenta o armário de vidro com todas as taças finas de vinho, ouve Gill gritar, ouve a porta da frente bater, passa para as fotografias, socando os vidros das molduras, Gill e Michael em Avebury abraçando uma pedra, Gill jovem e bronzeada numa sacada, soca a parede inteira de fotografias depressa e com força como se fosse aquela brincadeira de parque de diversão de acertar nas cabeças que aparecem, com os nós dos dedos sangrando, um corte fundo com um cubinho minúsculo de vidro encravado, soca o cartaz sobre vinho, arranca o micro-ondas da parede e arremessa no chão, quebra a garrafa de vodca contra a parede, bate na porta da estufa com a cadeira, mas o vidro é reforçado, de modo que a perna da cadeira se quebra, ele dá um grito, um único ganido alto e craquelado, solta a cadeira quebrada, senta no sofá e começa a chorar, soluçando, merda, grrrr, porra, começa a se sentir um pouco melhor e, quando a sirene chega, ele já está se sentindo mais calmo, e um tanto arrependido.

Ele para na beira do gramado, onde Jamie chutou a cabeça do Nick Fulshaw no ano anterior, e a polícia ficou perguntando por que ninguém tinha visto ele ali deitado sangrando e todo mundo falou várias e várias vezes *Por causa do muro de arrimo.*

A mãe de Shy telefonou e disse que estavam preocupados com ele e ele devia tomar cuidado, fumando demais, talvez estivesse comprometendo seu crescimento, não podia fazer bem ficar trancado o dia inteiro, sentado, ouvindo aqueles drum and bass, e ele disse que gostava mais de drum and bass do que dela e então desligou.

A memória é camuflada com outras merdas assim.

Ele telefonou de volta para ela.

Foi bom falar com você, sua vaca velha reclamona do caralho. Não precisa mais telefonar. Só me deixa em paz. Fala para o Iain Sumir da minha frente.

Ele desligou de novo, deixando o som dos soluços da mãe no aparelho.

Ele olha para trás e a casa é como uma velha fotografia embaçada com todas as cores desbotadas. Ele até espera ver um rosto pálido na janela.

Boa sorte, rapazes.

Na paz, fantasmas.

Bumpe-piche — bumpe-piche

bumpe-piche — bumpe-piche

seu beatbox interno cusparento,

andando no ritmo,

no passo do darkstep, acenando,

um, dois, *gunfe, clique,*

faz a caixa no palato,

faz o bumbo na garganta, furtivamente escapando da Última Chance.

[Amanda, membro mais antigo da equipe, com experiência como assistente social, tem obtido avanços nessa abordagem educacional progressista] "Imagine um palco, uma equipe mal paga nos bastidores, e uma trupe de atores volúveis e muito pouco confiáveis. Jovens atores com passados muito complicados. Histórias trágicas, em alguns casos. É um verdadeiro milagre cósmico o que passamos aqui todas as noites. É uma sorte magnífica. De modo que sim, podem vender essa velharia para quem pagar mais, porém isso não vai desfazer o trabalho que nós fizemos aqui."

Eles falam um bocado. Mais do que jamais falaram antes. Às vezes com os professores, desabafando o que passaram na vida, o que fizeram, simplesmente tagarelando nas aulas, ou em grupos pequenos, súbitos momentos de honestidade. Jamie contou de quando teve seu diagnóstico aos treze anos, e todos os amigos pararam de falar com ele. O melhor amigo começou a chamá-lo de retardado. *Não vou perdoar isso nunca*, disse Jamie. Todos concordaram, isso é imperdoável. *Não enquanto eu viver*, acrescentou Jamie. Benny contou sobre o pai que morreu na prisão. Ele quase chorou, e todo mundo ficou calado enquanto ele se recompunha porque o Benny é o mais durão e ninguém nunca viu ele chorar. Paul falou sobre o que tinha feito e do tempo que passou no reformatório e de como perdeu a virgindade quando tinha onze anos e ninguém mais ficou à vontade para fazer piadas de sexo na frente do Paul depois disso, mas o Paul fica a maior parte do tempo no quarto jogando Super Nintendo. Eles contam histórias. Uma bravata aqui, alguns remorsos ali, um dar de ombros com risinho irônico contrariado e ondulações de gargalhadas soltas. Falam do quanto a escola errou em relação a eles. Eles tentam se entender e decifrar uns aos outros, porque afinal não têm porra nenhuma para fazer além disso. Cada um leva dentro de si um registro privado de quem genuinamente não está OK, quem é passível de surto psicótico, quem tem fibra, quem é fraco, quem na verdade não tem nenhum problema, e a amizade se infiltra nas frestas desses falsos registros de maneiras inesperadas, assim como o ódio, assim como a terrível solidão.

Sua mãe escreveu: *Como alguém sendo devorado / um animal dentro dele / uma pele? sobre ele / aprisionando ele / dentro do Shy, mas essa pele também é ele, tão mal-humorado, tão sincero. Quase sinto inveja dele por isso.* E Jenny diz *Ora. Isso é muito interessante. Obrigada.*

E Jenny diz *Shy? Você gostaria de compartilhar alguma coisa? Só quer ficar rabiscando hoje, é isso?*

E Jenny diz *Sinto muito, eu achava que isso podia ser útil para você.*

E Jenny diz *Tudo bem, às vezes a gente não consegue dizer nada mesmo.*

E Jenny diz *Shy?*

Se alguém olhasse pela janela, ele seria apenas uma cabeça. *Por causa do muro de arrimo.*

Ele espera perto da cerca e mordisca os dedos e os polegares durante um minuto, ruminando lembranças que queimam, cuspindo nacos de pele e unha no escuro.

Ele acorda de um sono profundo na penumbra alaranjado-sangue do quarto da infância, iluminado pelos postes lá fora, e vê um animal vermelho-escuro, indefinido, rastejando lentamente pelo chão do quarto na direção dele, arrastando alguma coisa sem vida e volumosa atrás de si, farejando, rangendo e fungando, trazendo algo morto para ele, entrando, um cão de pesadelo faminto ou um assassino semi-humano, mas o quarto é real, e ele apalpa o edredom para conferir, toca o próprio rosto, coça a cabeça, e então com um giro resignado de engrenagens mentais seu medo se converte em decepção, pois seus olhos e sua mente se alinham e o ajudam a entender que aquele animal noturno é o Iain, é noite de Natal, aquilo é sua meia sendo deixada cuidadosamente ao pé da cama, aquilo é o craquelar do embrulho mesclado à respiração ofegante e aos estalos das articulações do Iain e as orelhas pontudas emergindo do chão ao pé de sua cama são da máscara de Batman que ele pediu de presente, despontando no alto da meia gigantesca recheada, e evidentemente ele tinha ouvido rumores no parquinho e também já vinha alimentando as próprias dúvidas por algum tempo mas se pergunta por que ficou tão triste quando finalmente aquilo se confirmou — afinal ele continuava ganhando os presentes do mesmo jeito —, mas ele fica surpreso pelo Iain estar fazendo tanto barulho, pela tamanha falta de sutileza, estragando a magia do Natal, de modo que Shy se deita contrariado de volta e espera o Iain sair, mas o Iain começa a resmungar com uma voz de menina metida de modo que Shy torna a se sentar na cama e difusamente percebe que Iain é a menina vestida de roupas antiquadas, outra vez, a menina de malha de crochê, e ela está tirando as coisas da meia dele e jogando os presentes dele no chão, dando goles de uma garrafa de aguardente, e o quarto é imenso, os pôsteres dele sumiram e sua cama está encostada em outra parede, e ele começa a rir porque aquilo continua acontecendo, esse sonho de não acordar dentro de outro sonho, ele está com dez anos e está dormindo um sono pesado para caralho e sonhando na Última Chance, essa é a menina que murmura na parede entre o quarto dele e o quarto do Paul, e a menina está furiosa, desembrulhando todos os brinquedos dele porque não queria aquela porcaria para criança de seis anos, intrigante quinquilharia do futuro, ela pisa em carros e bonecos de herói, fazendo uma barulheira infernal, não quer a escova de dentes Skywalker dele, não quer aquelas meias Asda dele ou seu dispensador de balas Pez de Tartaruga Ninja, ela arremessa as coisas com toda a força, ela joga um carrinho Satsuma no chão e pisa até esmagar, quando as luzes se acendem e a mãe e o padrasto de Shy aparecem na porta e perguntam *Mas que diabos*, e Shy pisca, não consegue enxergar nada, só consegue escutá-los dizendo, *Que merda é essa que você está fazendo, garoto, Ai, meu deus, meu bem, por que você fez isso, Seu monstrinho mimado*, e Amanda está batendo na porta que de repente está perto da cabeça dele, dizendo, *Tá tudo bem aí, Shy? Vou entrar, Shy, estou entrando, vou contar até três, um, dois, três*, e Shy continua de olhos fechados, esperando, tentando desesperadamente ir embora antes que o Iain entre, desejando estar dormindo, porque se ele acordar vai estragar tudo, se ele acordar terá que começar a responder.

Timidez diante das câmeras, Shy. Haha, bem, justamente, nem tão tímido afinal, não é, Shy? Ele vai precisar de outro apelido. Ele realmente se integrou ao grupo. Pena que ele não quer participar do programa. Ele vai mudar de ideia. Assim que o Cal ou o Benny se envolverem.

Seu primo Shaun não atendeu quando ele telefonou recentemente. Já faz muito tempo. Talvez ele tenha trocado de número, ou não esteja mais morando no mesmo endereço. Ele telefonou vinte, trinta vezes para o Shaun. Ele fica sentado na cabine telefônica, cozinhando, imaginando motivos.

Eles foram a Londres passar o dia, ele e o Shaun. Foram à Black Market Discos. Foi o Shaun que apresentou jungle para ele. Shaun que lhe emprestava revistas e o deixava usar seus toca-fitas. Shaun que o levava a um estacionamento atrás do quintal da escola todos os sábados e compartilhava carreiras de cocaína no painel do carro enquanto eles ouviam mixtapes. Shaun cuja risada *ri-rá* de fumante Shy vem tentando adotar. Shaun no trem lotado até Londres agitado e falando alto *Lá vão os provincianos, Shauny e Júnior Shy na balada, estou certo ou não estou? Porra se eu estou certo! Foda, malucão, foda, malucão, segura a onda, malucão, pra cima!* Em uma peregrinação até a cidade. Superexcitado. Pulou a catraca do metrô. Nicky Blackmarket estava atrás do balcão na loja. Eles pediram sacolas de plástico a mais. Panteão da fama. *These are the days*, essa é a hora. Lembrar desse tempo.

É ridículo ficar parado no jardim no escuro com essa mochila estúpida pesando nos ombros. Como um escoteiro lobinho babaca.

Shy disse Essa é a nossa música, saída das nossas quebradas, não de Staten Island ou de Seattle ou Detroit. Mas de Walsall e Watford.

Shaun e seu amigo Andy estouraram de rir, e Andy fez uma vozinha esganiçada e disse *Vem de Wycombe e Weading e... Wochdale*, e Shy disse Sai dessa, Andy, e Shaun disse *Aaah, cara, não aceita piada, é?*

Repetente acima de 11 anos. Expulso de duas escolas. Primeira advertência em 1992 aos treze. Primeira detenção aos quinze. É você? Você é só isso? Você vai ter que ralar a bunda de trabalhar para sumir com esse papel. Não vou aceitar que nenhum de vocês, rapazes, seja definido pelo que fez no passado, mas vocês vão ter que dar o sangue trabalhando nisso. Não existe nenhum botão mágico que se possa apertar. Vocês estão me ouvindo?

Ele faz o exercício de respiração com os dedos, um-dois-três. Vamos, fracote.

Ele atravessa pela brecha da cerca e chega ao jardim da parte baixa do terreno. Está atravessando uma imagem congelada. É mais frio aqui embaixo. Pausado, ameaçador.

Ele pensa na época do oitavo ano quando estava voltando a pé da escola, atravessando o pátio do colégio, cabisbaixo, chutando a grama, falando sozinho, distraído de si mesmo, entrevistando a si mesmo sobre por que ele queria o papel principal em *Joseph and the Amazing Technicolor Dreamcoat*, e duas garotas mais velhas, veteranas fumantes inveteradas, mulheres plenamente adultas, subitamente chegaram perto dele, tirando sarro, imitando o jeito dele de andar, sonhando acordado, *realmente esse joão-ninguém isolado sem amigos eu consigo imaginar se apaixonando pelo meu casaco colorido.*

Ele continua em frente, pisando pesado, atento.

Se as coisas piorarem, vá para um dos seus Pensamentos Animadores.

Ele se imagina chegando a uma casa noturna e indo direto para o balcão, cheio de produtos na bolsa, as pessoas abrindo passagem para ele, cumprimentos, altos baseados, bebidas grátis, *Isso aí, patrão, Foda, Respeito.*

Amanda: *Fale mais sobre isso.*
Shy: Eu estava triste. O Iain estava me passando sermão pelo meu comportamento, e eu olhei a mão dele, eu estava cortando cenoura, e, quando eu vi, a faca estava espetada no dedinho dele e todo mundo bravo comigo. Só Deus sabe o porquê.

Amanda: *Você não devia fazer piada com isso.*
Shy: Eu e ele acabamos criando um certo vínculo por causa disso, na verdade. Ele não me processou. Talvez já esteja tudo bem com ele. Seja como for só tirou uma lasquinha do osso. Ele tem dedos gorduchos.

O jardim de baixo é cheio de amoreiras e espinheiros selvagens. Eles podam às vezes e tudo cresce de novo. Cresce de volta depressa.

As pobres plantinhas arbustivas inglesas, mas você se acha grande coisa, não é? Ponha a mão no peito e me diga que você não está se sentindo energizado e confortavelmente cansado e até um pouco culto, aqui fora, ao ar livre?

Ele falava sozinho enquanto trabalhava no jardim porque não era permitido usar fone de ouvido. Falava merda e murmurava rap. Erva sem semente massa faz um fino pra afinar a mente sempre não me deixe nunca sem. Arrancando emaranhados grossos de raízes, folhas obstinadas e guarda-chuvinhas brancos. Fala sozinho desde menino.

Primeiro sinal de loucura, disse a babá.

Urtiga. Dente-de-leão. Não-te-esqueças. Amoras. Steve dá aulas assim, conforme cortam custos. *Glória-da-manhã*, e todos deram risada.

Shy versus Erva-peganhosa: Dillinja remix. Bananas. Docas. Choque tóxico. Corta corta corta. Vejam caiiiir a Babilônia da Corda-de-viola, vagabuuuundo, Shy berrava enquanto agarrava e arrancava, e todo mundo ria com ele.

Última imagem da casa vista da cerca de baixo.

O fantasma de Lady Nash ou algo assim. *Bon Voyage, Shy.*

Até logo, punheteiros.

Quando ele estava com nove e Mark e Lizzie Bailey vieram jantar e trouxeram o filho deles, Toby, para dormir lá, e os meninos ficaram até tarde vendo desenho animado e comeram Friday Sweets e Toby ficou com a cama dobrável no chão e eles conversaram até mandarem eles parar e então eles passaram a sussurrar até o Toby ficar com sono e então Shy levantou e tentou encontrar seus Ewoks para mostrar a Toby, mas estava muito escuro de modo que ele voltou para a cama e então eles conversaram mais um pouco e Shy levantou e tentou achar suas figurinhas repetidas da Gangue do Lixo, mas estava muito escuro e ele tropeçou em Toby, que deu um gritinho e disse que precisava ir ao banheiro, mas Shy ouviu Toby descendo a escada de modo que foi atrás na ponta dos pés e ficou sentado no primeiro degrau ouvindo Toby dizer que queria ir embora e os pais perguntaram por quê, e Toby que não sabia que só queria ir para casa e Iain disse *Pode falar a verdade, ele te chateou*, e Toby disse *Não, eu só quero...* e Lizzie disse *Ele só gosta da cama dele*, e Iain disse *Ele tem tido cada vez mais esse tipo de comportamento*, e Shy ouviu a mãe dizer *Iain, acho que não...* e Iain disse *Ele não sabe na verdade socializar com os outros, você sabe, típico filho único*, e Shy ouviu uma cadeira arrastada de modo que ele subiu descalço a escada e se enfiou na cama e ouviu os passos suaves da mãe pelo corredor, entrando no quarto dele, sentiu o peso ao pé da cama, uma mão em sua perna, ele manteve os olhos fingidamente fechados, *Sei que você está acordado, amorzinho, sei que você está me ouvindo, não tem importância, podemos tentar de novo, talvez Toby ainda não esteja grande o suficiente para dormir fora de casa, não é culpa sua*, e ela fez o truque favorito dele de estender o edredom no ar e voltou lá para baixo e Shy ficou bem acordado, incomodado, ouvindo os adultos saindo, pratos e copos, *Não se preocupe, deixe isso aí*, casacos e sapatos e Mark dizendo, *Pena deixar toda essa sobremesa, melhor levar um pouco para casa*, Iain dizendo *Sinto muito pelo "você sabe quem"*, Lizzie dizendo, *Jesus, não foi nada, acho que é só um excesso de açúcar e ficar acordado até tarde, podemos combinar outra vez*, e a mãe do Shy dizendo, *Claro, sim, por favor, com certeza, vamos tentar.*

Por favor não comece o dia nos di
Preste atenção no modo como você
é certo o modo como você fala com a
bem nisso / Por que você está fazendo
fora do controle / Isso não é normal /
/ Você não pode fazer isso / Não é
fazendo isso / Isso é modo de se com
o passeio da família, meus parabéns /
Escute bem o que eu estou lhe dizendo
Alô, tem alguém aí dentro? / O que
/ Isso é inaceitável, você está me
/ Converse com a gente / Converse
/ Como você pode falar assim com

zendo o que você não quer fazer /
fala conosco / Se você acha que
sua mãe então é melhor você pensar
isso justamente hoje? / Você está
Você precisa dar um jeito na sua vida
certo / Não acredito que você está
portar? / Ah, que beleza, estragou
Bem, rapazinho, eu estou chocada /
/ Por que você quer nos magoar /
você tem na cabeça? / Você entendeu?
entendendo, totalmente inaceitável
com a gente / Ei, ei, calminha aí.
a gente? / Já chega / Volte aqui

Ele pode terminar essa fase do jogo e voltar correndo para a cama.

Cápsulas de lavanda, música de baleia, cassetes de histórias, remédios naturais, respiração, antidepressivos, exercícios regulares, o diário dele, as caminhadas dele, e agora a mãe dele leu um artigo sobre erva-de-são-joão, de modo que está lhe enviando um vidrinho, pingue uma gota no chá todas as manhãs, pingue uma gota em cada olho, crave no coração essa erva-de-são-joão, monte nas costas de São João e dê uma cavalgada, você já não está se sentindo melhor? Já não está curado? Já não está tendo sonhos deliciosos? Já não está pronto para o ensino médio, depois para a universidade, se casar, ter filhos?

Benny está enchendo o saco de Steve, e Shy manda ele calar a boca.

Você o quê, meia-foda? diz Benny.
Eu falei, Cala a boca, diz Shy.

A sala inteira fica tensa, a inspiração coletiva de ar antes de uma briga.

Benny se levanta e caminha até lá.
Shy cerra os punhos, pronto para levar um tapa.

Se liga, paga pau, diz Benny, e empurra a testa de Shy.

Ele podia voltar correndo e se enfiar na cama em cinco minutos.

Você não fica exausto de ser você?

Seus pensamentos entram num círculo de trechos estranhos e repetitivos, correndo dentro dele, tropeçando dentro dele. Ele se sente corajoso, ele se sente patético, ele não sente nada. Pânico. Calma. Louco estardalhaço na cobertura do pátio como metralhadoras, depois um turbilhão de calma, casa, escola, anos atrás, ontem, sua mente totalmente tensa, depois relaxando, depois alguma coisa zumbindo como um placa tectônica, então marchando, então puro ruído, então estalos de armadilhas, depois murmurando, a linha de baixo em sua enxaqueca, no tempo livre dentro da água da banheira, depois um trecho de sintetizador dançante no ruído claro e agitado de sua insônia, trecho de piano, um passo pra frente dois passos pra trás, construindo alguma coisa real, no movimento, que é tipo, opa, escorregadio aqui nas folhas, haha quase caí.

Shaun riu no quarto de Shy. Panfletos de boates onde ele nunca esteve. Capas de discos coladas nas paredes, mas nenhum toca-discos para ouvir. Logomarcas em estêncil e spray.

Deve estar passando o tempo. Peso, ritmo, música para pessoas inibidas demais para dançar, simplesmente fique parado e acene com a cabeça, fique parado e dê um passo adiante, caia no chão, levante-se, acorde, Shy, continue andando. Cadê os seus amigos? Vai sozinho. Garoto Shy, longe de casa. Quase na cerca, lembrando a tensão, lembrando o incômodo, mantendo a rédea curta e esticada dentro de sua cabeça.

Porra. É como quando você ficou absolutamente obcecado por dinossauros. Depois carrinhos Hot Wheels e Micro Machines e aquelas merdas. Agora você virou um tarado por jungle, haha, brincadeira, mano, de boa, de boa, você tá certo.

A noite é imensa e machuca.

Depressa, corte os pulsos. Ninguém gosta de você, tchutchuca da professora.

Ele reprisa os dias; será que era fraco, será que era arrogante, será que era puxa-saco da professora? Será que não tinha entendido alguma piada? Ele adormece enquanto se julga fora de contexto. No sonho ele ofendeu alguém, depois ofendeu todo mundo, então passa a ser perseguido e provocado, de modo que atravessa a cerca a punhaladas, apunhala costas nuas, apunhala têmporas macias e frestas vulneráveis. No sonho ele esmaga a cabeça de Cal Metido no metal pontudo do poste da cerca e o deixa sem fôlego, gorgolejando sangue, depois está se pavoneando numa gangue, bem acordado, obcecado por molhos e cumbucas, segurança e risco, piadas ruins, zombarias, acordando às vezes, quase sempre entre sentimentos cagados e sonhos assassinos e se masturbando até o pau doer. Tudo isso se junta num vazio azedo em sua mente. Ele raspa os nós dos dedos na viga antiga em seu quarto e resmunga violentos diálogos de confrontos imaginários contra inimigos teóricos.

Por que você nunca olha para a gente? Olhe para a gente quando estamos falando com você.

A dor nos ombros e na base do pescoço é enlouquecedora.

Ding-dong, o patrãozinho melancólico chegou.

Quando ele e Divit passaram o dia inteiro vendo filmes de kung fu e pornô alemão, fumando bong e comendo espaguetes de morango, depois foram ao centro encontrar os meninos porque a Gemma estava com a casa livre, mas todos os babacas de St Eustace estavam na Rhymer Court procurando encrenca, viram eles tarde demais, ele e Divit foram logo para cima e começaram a ouvir as merdas, os caras de Eustace, racistas otários, Divit disse *Xota ruivinha* para um ruivão alto, e então ele e o ruivão começaram a se estapear e a falar merda um para o outro, e o ruivo soltou um *paqui* na frente do Divit, e o Divit estava com seu anel e rasgou bonito a bochecha do menino, abriu um corte, e borbulhou sangue na bochecha branca sardenta dele como uma geleia de rosca recheada, e Shy se sentiu um pouco esquisito e tonto, pensando bem, claramente apavorado, muito menor do que a maioria daqueles desgraçados, então alguém bateu na cabeça dele por trás, quando ele virou, depois alguém veio correndo para cima dele e socou a barriga dele, aí a coisa toda ficou louca e ele estava no chão sendo chutado, atordoado ao perceber que um soco no estômago era capaz de dobrá-lo ao meio daquele jeito, psicopatas do rúgbi, garotos com roupas esportivas caras e pais felizes, uma situação muito, muito ruim, preocupantemente perdida, tentando cobrir a cabeça, grunhindo palavrões e tentando não chorar, imaginando possíveis desfechos, pânico se alastrando como incêndio, então alguém pisou com força em seu tornozelo e isso doeu pra caralho e ele se lembrou de que Rhymer Court era onde eles costumavam enforcar criminosos na Idade Média e ele ficou apavorado com aquilo quando era criança, ele sempre dava a volta mais longa para evitar passar por Rhymer Court, visualizava um cadáver azulado, balançando na corda, as pessoas passando com suas sacolas de mercado e seus andadores, então alguém chutou o rosto dele, mas não acertou direito e raspou áspera e surpreendentemente no nariz e nos olhos tipo Oh oh esse babaca está usando tênis de velcro e foi aí que ele ficou mesmo furioso, levantou-se todo desmazelado e ofegante, rosnando como um cachorro, lívido e puto da cara e abriu num berreiro de bebê ferido, atacando e arranhando rostos, e então foi encurralado contra um banco com cinco ou seis caras, zoando uns aos outros, gargalhando, dizendo que agora ele ia ver só, *Ô retardado, que porra é essa, ele perdeu a cabeça, sossega aí, mongol*, segura ele, Divit no chão xingando e segurando sua cabeça, *Deixem ele em paz*, pensando Caralho, será que eu encaro essa, ou saio correndo como ensinam na escola, vou para cima dos bandidos no beco gritando Uaaaaaaah!, e eles vão ficar tão chocados que vão me deixar passar, mas esses desgraçados estão tão perto que consigo sentir o cheiro de perfume Calvin Klein Um deles, que roubada, devia estar no sofá de Gemma, ficando com Becky, talvez até deslizando a mão por baixo da blusa de Becky, descansando a mão nos belos seios quentes de Becky dentro do belo sutiã de Becky, ela é a melhor e mais delicada garota para ficar, espero que ela não tenha ficado com James quando eu chegar lá, *Eu te conheço*, disse um dos meninos de St Eustace, *a gente foi ao Tumble Tots junto, haha*, risada dos caras de St Eustace, *Que porra é essa, não, chuta a cabeça desse bosta, quando você virou cigano, bonita jaqueta de soldado Kev, a tua mãe ainda é puta*, e Shy não reconhece o menino, nem está ouvindo na verdade, mas se lembra de Tumble Tots, era divertido quando deixavam a gente se balançar nas cordas, pisar naqueles tapetes de borracha, ele está ofegante como se tivesse corrido uma maratona, ali parado como se estivesse em Tekken, pausado, pronto, perdido, louco para sair dali e ir para a casa de Gemma, louco para desfazer a última meia hora e levantar Divit do chão, a fim de parar de se meter nessas situações em que acabava desejando desfazer a última meia hora, mas também um tanto contente de estar ali de novo, na merda, soldado do jungle — como eu disse — e ele pega uma garrafa de cerveja do lixo lotado e quebra a garrafa no banco segurando pelo gargalo e acerta com toda a força no tagarela que está falando de Tumble Tots e abre um risco reto no alto da testa do menino, abrindo a pele, e vê um véu de sangue escorrer parecendo efeitos especiais, barato e asqueroso, e ele pensa Caralho, que fácil, e pensa, Opa, agora sim estou encrencado, e ele se senta no banco e cobre os ouvidos.

Simplesmente ele e o campo. Sem expressão.

Venha e me mate, ruivão. Por favor, volte outra noite e me faça esse favor.

Shy escreveu algo brilhante para um trabalho de inglês sobre as almas de todos os habitantes anteriores vivendo entre nós. Uma espécie de conde do século dezessete, fantasmas no sótão, uma garota dos anos sessenta escondida no quarto dele. É realmente de alto nível. E também realmente muito perturbador! Shy? Você quer falar com a sua mãe sobre isso? Vamos, camarada, participe. Ela veio de carro para conversar, não para ficar vendo você emburrado.

Nunca tinha me dado conta de que as noites no interior eram tão claras. Não escuras, anticlaras. O último raver esquecido no campo. Na humildade do jungle.

> ***Você ainda não se conhece. Pode confiar. Isso ainda vai acontecer. É um trabalho de várias estações, conhecer a si mesmo. Você ainda está na primavera.***

Ele vai deixar a música para depois. Aquilo que ele sempre terá pela frente, que jamais o decepcionará. Ele faz a lista enquanto caminha. *Here Comes the Drumz. Dark Angel. Ribbon in the Sky. Gangsta Hardstep. The Burial. Mystic Stepper. Terminator 2.*

Top 10.

Melhores de 94. Melhores de 95 até agora.

Música fúnebre. Música para fone de ouvido. Música de festa. Música da depressão. Hora de agitar.

Seleta da Ilha Deserta.

Shy disse Espera, espera, e a música começou e Benny gritou BUUUUM e pulou em círculos pelo quarto do Shy e Paul bateu na parede e berrou *Calem a boca Seus babacas* e Benny bateu de volta *Vai se foder, Paul Nervosinho* e Paul aumentou seu Sepultura e Shy aumentou seu Jumpin Jack Frost e o Benny gritou GUERRA DE SOOOOM e socou a parede e Paul gritou *Vou te matar filhadaputa* e socou a parede de volta e gritou e Shy ficou sentado na cama dando risada e Amanda veio correndo desligar a porra toda e tirou dele o direito à sinuca.

Jenny se insinuando delicada e magistralmente na cabeça dele: *Quem sabe você possa conversar sobre isso com o Iain, ou com a sua mãe? Será que ia ajudar? E isso deixa você envergonhado, Shy? Hum? Você fez as pazes com o Calum? Será que você não se preocupa mesmo com o que as pessoas vão pensar, se você começar a gostar das aulas, se você tirar boas notas, ou não é isso?*

O caderno de Jenny, a caneta de Jenny, a postura de Jenny.

E a voz desse fantasma parece a sua? E quando eles deram risada e acharam suas ideias estúpidas, isso te irritou, ou você na verdade não se importa com o que eles pensam? Você se preocupa com o que os outros pensam de você, Shy? Especialmente Benny?

A verruga na bochecha da Jenny como um pedacinho de chocolate, o hálito de café da Jenny, as sandálias de couro da Jenny como a porra de uma seguidora de Cristo.

Quando ele voltou para a casa da menina e ficou hmm haha mais umpouco dando uns beijos e espera um segundo agachado na frente, realmente daquelejeito, hahaosdoistortos na superfície preguiçosa do planeta um pouco, uau essa foi boa, planeta um pouco, felizões chapados de K e sinceramente tão simpáticos, sensível, meio imaginando como ela ficaria com os peitos virados em cima dele se mexendo para trás e em cima de sua cabeça enfiada entre as pernas dela e o buraco peludo orbitando em torno dele pelado molhado e dizendo pera xeu tomar um gole d'água engasgando com alguma coisa boa na espera e ela estava com a boca seca da piada muito parado de meia escuta o meu coração ela estava muito gostosa muito os caras não vão acreditar, cheiro de sono apessegado químico, frutado e com o nariz fodido de pó, gargantilintantes luzes feéricas ouvindo um hip-hop instrumental com fuzz e dormindo um pouquinho, ele senta na cama e descobre que sua mente está ficando ligeiramente mais aguçada enquanto ela dorme e ele se sente adulto e extasiado e muito distante dos competitivos e apressados desnudamentos e amassos e dedadas que todos eles vinham fazendo em festas nas casas dos amigos, agora são tempos e espaços totalmente diferentes, será que ele está no céu haha, ela está se esfregando na barriga dele, ela mói sua erva num moedor de plástico, quando a tampa gira e range ele acorda, apertou demais, dá isso aqui, bicho-grilo, mão muito seca, sai da cama gemendo, rindo dos pôsteres dela, então eles devem ter dormido um pouco, porque estão menos chapados, se sentindo acordados e bem, e comem uns bolos Kipling e bebem um pouco de Sprite e começam a se beijar de novo, adoçados, delicados, tão distante da desconjuntada confusão da sua vida, e ele quer contar a ela todos os seus segredos, ele quer ficar ali para sempre, sentado na cama dela puxando fumo, a parte de cima do corpo dela nua quase como um milagre, pernas nuas entrelaçadas quentes e à vontade, suave formigamento púbico, contando a ela sobre seu sonho de ter um selo, belisca para ver se está acordado, rapaz, isso é demais, você nunca vai esquecer, sempre conversando com ela sobre como Andy C fez a apresentação mais pesada de todos os tempos, Steve Hyper D conseguiu fazer coisas que eles achavam impossíveis no microfone, um gênio de outro nível, nunca vai esquecer esse momento, e eles começaram a transar de novo, de quatro com ela se segurando na cama, ele olha para baixo e se vê entrando e saindo, risinho sonolento para Angel de *Buffy*, que sorri para ele, então ele descansa o peito nas costas macias e quentes dela, um braço ao lado dela segurando a cabeceira, outro braço abaixado, seus dedos se encontram para tocar quando ela massageia as bolas cansadas dele, então ele recua e se senta com um sobressalto, com uma estranha preocupação na cabeça, bip, espera aí, como você foi parar do outro lado do quarto, puxado para fora, bip bip bip aaaaaaai um estranho lençol de vergonha o cobriu, o quê?, problemaproblema, o que ela está querendo que porra é essa, ei, o que foi, um pânico estranho na base do peito por estar ficando constrangido ou culpado e então ele chuta a coxa dela com toda a força.

Jenny: *Perdão, você fez o quê?*

Shy: Dei um chute na coxa dela.

Jenny: *Ah que horror. Por quê?*

Shy: Argh. Sei lá. Sinceramente não faço ideia. A gente vive dando chute na coxa uns dos outros. É um verdadeiro vício. Na escola, era uma febre. O tempo todo. E por algum motivo desconhecido eu simplesmente vi a coxa dela e chutei. Não sei explicar. Eu estava bem chapado.

Jenny: *E aí o que aconteceu?*

Shy: Uma grande confusão, eu acho. Choros e gritos. Não me lembro na verdade. Eu não participei. A menina que dividia o apartamento com ela entrou e a levou embora. Eu fui embora, nem sei bem como cheguei em casa. Nunca mais a vi. Nem lembro o nome dela. Não foi legal. Não foi nada legal. Eu penso nisso o tempo todo. O tempo todo.

A grama do campo vizinho sussurra.

A lua espreita. Julga.

Respira de novo. Um, dois, três. Subindo e descendo colinas e vales de mãos geladas. Quatro, cinco, de novo, respira.

Amanda ensinou a classe sobre as Nornas, as místicas irmãs nórdicas, sentadas, tecendo futuros, e naquela noite Shy acordou com o peso delas sentadas aos pés de sua cama, três velhas enxeridas, híbridas estranhamente familiares da mãe, da vó, Amanda, Thatcher, sra. Hooper do prezinho, Pat Açougueira, Jenny, Madge Bishop, mulheres que ele conheceu ou viu ou imaginou, unidas numa colagem, surgidas da desbotada confusão do subconsciente dele, olhando fixamente para ele, sorrindo, clique, clique, uma delas fazendo crochê, clique, clique, o destino sendo tramado e amarrado conforme ele adormecia.

Os nós dos dedos virando estalidos na cabeça.

Não, ele não estava mais pensando em machucar a si mesmo.

Não, ele não quer ser filmado para aparecer no documentário sobre a Última Chance.

Não, ele não quer fazer uma dupla com Riley para recolher o lixo.

Não, ele não acha de verdade que toda arte é gay.

Não, ele não quer que a mãe e o padrasto venham visitar no domingo.

A noite foi um contra-ataque de hóquei em estilhaços dessas lembranças sensoriais misturadas, como se ele tivesse tomado ácido, mas ele não tomou nada, ele está simplesmente andando a esmo, levando essas lembranças em vez de uma bola.

> ***O nosso Shy aqui tem uns sonhos extremamente perturbadores, mas estamos trabalhando algumas estratégias, alguns mecanismos para lidar com isso, alguns truques noturnos, não é mesmo, Shy?***

Ele pensa na fita em seu Walkman e no baseado no bolso. Está empolgado. Clareza. Fumaça. Valores de produção. Transporte. Privacidade. Controle. Ele fala sozinho, variando sotaques: Prazer que não dá pra conter, dê o que as pessoas querem, borbulhar do baixo, sair à noite com todo mundo da Última Chance, calçada lotada, mochila cheia, som do Shy One caminhando, papeando, espreitando a manhã, lá vem um aviso, trazendo a tempestade. Abertura, ruptura, abalo quase sísmico. Sim, senhor, como posso ajudar? O que você quiser, mano. É, malandro, o que você precisar. Jazz, soul, limpo e espaçoso, um pouco dessa porra de metal de pesadelo, haha, tanto faz. Shy ri. Gostou, né? Vocais bem house, puro fogo ragga. Suave, assustador, cavernoso. Só carne, sem leite. Haha. A melhor invenção britânica desde a máquina a vapor? O futuro está aqui, 95 sem medo.

> ***As coisas estão dando certo para você, não é?*** **Steve sorri diante da lousa, olhando para o mapa do eu de Shy.** ***Está se sentindo bem, não está?***

Ele consegue ouvir, precisamente, na cabeça dele, o modo como um Amém avança como uma onda, inserido em si mesmo várias e várias vezes, instalado em seu coração, a coisa favorita dele, quando cai para metade da velocidade, ralentando, gingando, com as armas perto do peito, e então dá um salto, explodindo, perfeita e sumarenta, uma perfeição matemática, subindo, subindo e sumindo, feita por baterias eletrônicas e sampleadores, mas soando como invenções divinas. Deus é um desgraçado dançante que quer que as pessoas fiquem dançando juntas. Rotação. Tecnologia e alma. Caralheluia como ele ama essa batida. Que essas batidas chovam sobre mim.

Obviamente ele nunca diz nada disso pra Shaun, ou pra Benny, ele simplesmente diz Hardcore. Legal. Pode crer. Caralho como eu adoro essa música.

Ele simplesmente ri e balança a cabeça.

Ele para e olha para os lados, subitamente consciente de si mesmo.

Arrebatado.

O campo continua morto, mas está tenso e próximo em volta dele como se ele estivesse embrulhado. Um bloco noturno que se move com ele, respirando quando ele respira. Tudo é borda pressionando. Densidade invasora.

Ele não quer pensar no que pode estar acontecendo aqui.

Cal Metido veio do interior e conta histórias sobre florestas. Esses velhos tipos caçadores que moram no mato e serram pessoas ao meio e as queimam em grandes fogueiras com arbustos e samambaias e outras coisas que fazem fumaça para que ninguém saiba, moem os ossos e fazem ração para porco. Sapatos de salto alto de couro brilhante e brinquedos de crianças na floresta como adereços de programas criminais de televisão, pessoas apavoradas correndo entre samambaias e arbustos, tentando chegar à segurança de uma casa grande, mas a casa grande não é segura, está cheia de violentos jovens infratores frustrados, todos deitados acordados, suores noturnos na Última Chance às escuras, marinando seu desejo de machucar pessoas noite após noite em seus pastosos sonhos rurais sobrepostos, rapazes ruins, bastardos de reformatório com passados desgraçados, cobaias de laboratório, ali deitados enquanto fantasmas sujos da casa antiga pairam sobre eles insinuando medos e fantasias violentas em seus ouvidos, gotejando, cuspindo, infiltrados no meio daqueles bosques ingleses, velhos e cruéis e assombrados, repletos de lixo, bem longe de casa, bem longe de qualquer poste de luz ou ponto de táxi, ou confiança, ou mães.

Haha, pode crer, babaca do caralho, diz Shy, e começa a caminhar outra vez, breves calafrios na barriga.

"Se o proprietário desse imóvel conseguir uma licença para transformar a escola num condomínio de luxo fechado, então a Última Chance vai ficar no passado. Steve disse que ele e seus colegas não têm sangue de barata: 'O dinheiro fala mais alto, vocês sabem. Mas tomara que o leão do espírito filantrópico de alguém comece a rugir. Do contrário, vamos com toda a molecada em caravana, vamos pegar a estrada com esse espetáculo, não é, rapazes? Tipo *Thelma e Louise*, uma última aula de geografia, a toda velocidade, rumo ao abismo, certo?'".

A mochila pesa o tempo todo.

Seu primo Shaun disse *Sossega um pouquinho, colega. Você tá um pouco esquisito.*

Iain disse *O Shy gosta de se sabotar, não é, nervosinho?*

Benny disse que roubou um Renault 5 GT Turbo, rally, hatch, disse que bateu com ele na bilheteria da estação. Shy disse Maneiro, parça, e Benny disse *Se liga, fica pagando de preto, quem perguntou?*

Cal disse *Por que você não tem pelo no suvaco?* E Shy disse Por que você não tem amigo?

Ele empurrou a cadeira para trás e saiu correndo no meio da sessão com Jenny.

Ele chegou até o pé da escada grande e se virou, voltou pelo corredor, e entrou correndo de volta.

Pare de fingir que você me conhece! Você só sabe o que eu te conto.

Tá legal, Shy, respondeu Jenny.

Não está nada legal, disse Shy.

Ele se levanta e se inclina para a frente para aliviar a dor nas costas. Melhor agora, sem o peso nos ombros, com o sangue indo para a cabeça, mãos nos joelhos, poderia ficar assim para sempre. Algo que doeu por muito tempo naquele momento não doía mais.

De ponta-cabeça, silêncio na cuca.

Admita que você adora um drama, Shy.

Ooooi, diz a voz dos sonhos dele. Acorda, acorda, pra cima deles, Shy.

A mãe e o padrasto olhando para ele, esperando uma explicação. O padrasto perguntando quando vai acabar essa merda de Jekyll e Hyde.

Seu rosto avermelhado resmungando enfiado nos braços cruzados, diante da bancada da cozinha, no escuro enclave de seu apuro, queixumes impacientes, cansado de si, Eu *estou* com vergonha, estou sim envergonhado. (Me deixa em paz)

Não sei. Não sei.

Por favooooor descuuulpa sinto muito.

Queria nunca ter nascido.

Te odeio.

Quero morrer.

(Buum, pronto... Ele sente o baque, percebe que eles recuam, como um rasgo no ar entre eles. Bom.)

Fodam-se vocês dois.

Ele derruba a velha cerca de arame farpado, pisa em cima e sai em direção ao campo vizinho.

O boneco de palitos do Shy caminha sobre uma flecha, da esquerda para a direita acima das palavras: Tédio ---- Comportamento perigoso ---- Mágoas/Problemas ---- Vergonha/Culpa.

E o caso do fluido de isqueiro, Shy, será que se encaixa também nesse padrão?

Acho que sim, diz Shy.

É. Eu também. Acho que estamos chegando em algum lugar aqui, afirma Jenny.

Ããhnn, se você está dizendo, retruca Shy.

Alguma coisa sai voando de um arbusto próximo com um farfalhar truncado. Ele pausa.

Há formas brancas espalhadas pelo campo que devem ser pedras, mas também poderiam ser pequenos animais imóveis como se estivessem mortos. Ele não se deu conta de que a colaboração olhos-cérebro estava cagada por algo tão ordinário quanto a noite.

> ***A tua mãe é tão gorda que usa um poste de rua como vibrador.***

Predador vs. Shy. Imagine uma resposta à altura.

Você acha certo falar assim co
é isso que você quer? / Não pos
quer / Tem gente que não tem es
conversar / Opa, lá vai ele de no
e me dar as costas! / Por favor, n
ideia do sofrimento que cau so
nossas vidas? / Qual é o objeti
plorar para você me tratar con
De novo, não, p

›? / Você quer separar a família,
:reditar que é isso que você
xo de ter uma mãe legal para
Você não ouse sair andando
ça isso nunca mais. / Você faz
Você está tentando destruir as
: tudo isso? / Eu preciso im-
n ser humano? / Volte já aqui /
vor, de novo não

É o que eles mandam os cadetes do exército fazer. Caminhadas com pedras nas costas. Você fica forte ou morre afogado. Ninguém fala para você *Gostar de si mesmo* na porra do exército.

> ***Você é um menino bom, moramos numa boa cidade, você tem... Você... Tá legal, não é isso, espera aí, tá legal, perdão, espera aí, estou me esforçando, estou fazendo o que posso, vou começar de novo.***

Me escuta, Shy. Meu menino. Meu filho. Esses remédios para dor são drogas que a vovó tomou quando estava para morrer, santo deus. O que você está fazendo? Só me responda isso, do que você está tentando escapar? Que dor é essa que você precisa tomar isso? Ou você está só se divertindo? Você só quer ficar chapado e perdidão? Alguém está te pressionando para tomar isso? É o Shaun? Fale comigo, eu estou te implorando.

Ele não quer tirar a mochila, isso seria como quebrar as regras.

Se você está se sentindo um idiota, talvez pare de agir como um.

Amanda disse que acreditava nele em relação ao fantasma no quarto, a adolescente de roupas antigas. Amanda não julga. Fica ali sentada de macacão segurando a caneca de chá e escuta qualquer coisa que os meninos queiram contar pra ela.

Steve disse que de modo geral preferiria que o Shy inventasse um pouco menos de lorota.

O grande Owen assobiou o tema de *Arquivo X*.

Quem por acaso roubou as fitas do Shy, não tem nenhuma graça, vocês têm até meio-dia para devolver, ou a escola inteira vai ficar sem sinuca.

O futuro é aqui e fere seus sentimentos. Quando disseram que a Última Chance talvez fosse fechar, ele sentiu tudo tensionar e azedar dentro de si. Ele saiu pisando firme por aí, procurando encrenca, ele enfrentou e discutiu, puxou briga na sala de televisão. Empurrou e esbravejou cuspindo e tentou arranhar a cara do Jamie, e todo mundo deu risada e cantarolou *Shy Maluco* e Steve teve que segurá-lo por trás, travando-lhe os braços, cochichando até acalmá-lo como se fosse um bebê.

> ***Viram? Até rapazes bons como o Shy às vezes perdem a linha.***

Seu gastíssimo exemplar da *Men's World* está embaixo do colchão. As páginas centrais, Jo Guest de lingerie branca, estão impressas em seu cérebro. Uma revista de jazz velha lida mil vezes. Essas páginas que já viram melhores dias. Ele devia ter dado essas revistas para o Cal Metido. Até o pau gastar e cair.

> ***A qualquer sinal de alerta, Shy, preste atenção neles e os reconheça pelo que eles são. Tenha consciência do que está sentindo e de como isso afeta o que você está fazendo. Você é o motorista desse veículo, certo?***

Sou do jungle, gata, não tente me transformar em outra coisa.

Quando era criança ele olhava para mim, um menino olhando para a mãe, você sabe, ele me encarava, pedindo comida, conforto, segurança... tudo. Eu era o mundo dele, ou pelo menos o centro do mundo dele. Nós olhávamos um para o outro. Então ele virou para o outro lado, como as pessoas fazem. Talvez especialmente os meninos. Talvez isso seja normal. Talvez ele volte a se virar para mim.

Shy? diz Jenny. O que você acha disso?

Ele imagina se os ombros estarão com a pele vermelha machucada pelas alças da mochila. O tipo de coisa que mencionam em cenas de crime.

Ah, muito inteligente da sua parte, você escreveu "Não me darei ao trabalho" em todas as questões. Isso é realmente cansativo, Shy. Olha aqui: magnetismo. Você gostou quando a gente viu isso em sala. O que você está querendo provar rasurando o papel?

Benny explica ao grupo como era na cidadezinha onde cresceu, sendo parado sem motivo, sendo revistado, abrindo a boca e recebendo ordens de abaixar a voz. Não é desculpa para o que ele fez, ele diz, mas é parte de sua história. Professores racistas, policiais racistas. Na relativa segurança da Última Chance, ele conseguia agora ver como as coisas funcionavam.

Eles estão ficando cada vez melhores em contar suas histórias.

Shy diz que entende.

Benny diz *Não. É exatamente esse o meu ponto. Você não entende absolutamente nada.*

> *A pele embaixo das unhas acabou que era dele mesmo, dos cortes nas próprias coxas. Contusões nas duas omoplatas sugerem uma carga bastante pesada.*
>
> *Os arranhões nos braços dele já têm um ou dois anos.*
>
> *Não vejo sinais de luta.*
>
> *Se esse triângulo aqui é você, Shy, aqui no meio, vivendo aqui com os outros, comigo, com Amanda, com a equipe da escola, quem está do lado de fora? Desenhe aqui no mapa.*

Sua mãe e seu padrasto. Sua finada vovó, sua simpática tia Trish, seu primo Shaun, Gill e Michael, seus amigos Divit e Nathan, alguns meninos da escola, e depois Brockie, Ray Keith, Grooverider, Shy FX, Dr. S. Gachét, Andy C, Mickey Finn, ele continua escrevendo nomes na lousa e depois passa aos MCs, Det, GQ, Skibadee, e Steve dá risada, *Continue, Shy, esse é o seu mapa, esse é o seu mundo. Você se esqueceu do Randall, louco como um vândalo!*

Shy solta um risinho irônico, constrangido, e finge atirar em Steve com uma arminha de dedo.

Adultos o provocam melhor, quase uma forma de gentileza. Os meninos simplesmente zoam e zoam uns aos outros, infinitos padrões de ataque e resposta, como um gêmeo sombrio do flerte.

As bolas do Shy não desceram
A mãe da Riley é puta
Ash só tem sete pelos púbicos
Shy falsificou RG pro cigarro
Benny e Jenny subiram na árvore
Cal Metido tirou uma costela pra fazer autoboquete
Paul chupa rola
Cal e Shy são bichas
O Jamie quer pegar a Amanda

Truques cruéis e pequenas sobreposições de favores devidos, ultrajes percebidos e falhas geológicas de rixas e ameaças. Você não pode confiar em ninguém. É por isso que ele ama tanto a música. Ela promete, e ela cumpre. Ele está seguro no som. Sozinho em seus fones de ouvido. Nenhuma barreira, nenhum jogo. Ele é bem recebido pela música.

> *Cavalheiros, os senhores estão fedendo. Agora vamos, mais banho e menos briga.*

Ele ficou acordado até tarde na sala de televisão conversando com o Cal Metido sobre garotas. Contou sobre a garota do acampamento no País de Gales, como transaram sem camisinha, como ele gozou antes mesmo de ter entrado, como ele foi andando cinco quilômetros com ela até a cidade para comprar a pílula do dia seguinte.

Ele tem que atravessar o campo arado, e esse é um trabalho estranhamente árduo, calombos de barro grudam nos sapatos, quartzos protuberantes cintilando ao luar. Das janelas do último andar da casa esse campo parece plano, mas há sulcos de terra esboroada até a altura dos joelhos. Trabalho pesado. Louco. Pega pesado nos olhos. Agora ele sente certa pena de si mesmo.

Cal disse *Ah, cara, já aconteceu comigo, é como subir numa árvore e cair logo no primeiro galho.*

No dia seguinte, Cal entrou no refeitório e contou para todo mundo sobre o *Shy Já-Gozou.*

Piu, piu, Jamie cantarolou. *Cuidado, vadias, é o Shy Montana e sua máquina de creme.*

Por que nenhuma coruja, ele se pergunta. Nenhum pio no bosque escuro atrás da casa? Nenhuma brisa. Ele está indo na direção de um nada imóvel azulado. Tudo parece ficar para trás, amontoado. Abafado. A Última Chance e antes dela, desacelerando, acelerando, como se ele houvesse se mudado para lá muitos anos antes, como se ele tivesse saído ontem do ensino infantil e voltasse no ano seguinte e risse de como os mictórios eram pequenos e baixos. Ele se sentiu tão grande e crescido ao sair do ensino infantil. Um bebê muppet. A porra do tempo tem sido a coisa menos confiável nesses últimos anos. Ele se choca contra as horas do dia, com o que está acontecendo logo atrás de si, com a grande pressão quente do momento seguinte. O tempo é algo a ser desperdiçado e algo do qual devemos fugir. Abusado pelo tempo. Enganado, imobilizado e desafiado. Melhor apagar e acordar mais adiante.

> ***O fim do mundo, não conseguir pegar o trem para Milton Keynes para ir dançar e tomar E com os amigos dele, isso é o que mais o atormenta. Imagine isso. Nenhuma resiliência. Um apocalipse autocomplacente dia e noite todos os dias.***

Trabalho árduo, ficar duro, atravessar vozes. Os olhos dele estão arregalados tentando decifrar a profundidade e a forma das coisas nessa noite estranhamente clara. Ele tem dó de si mesmo, pisando o barro do beco sem saída, preso dentro de si mesmo. É por isso que as pessoas usam bota. Seus coturnos Classics estão imundos.

Você é um sortudo estúpido de uma figa, Shy. Você é um desgraçado de um sortudo. Dando uma de durão. Olha a sua rede de apoio. Uma mãe que te adora. Um bom padrasto. Comida. Atenção. Este lugar. Eu. Amanda. Owen. Nunca foi preso. Você teve todas essas oportunidades. Não? Não foi assim tão fácil para os outros, não é mesmo? Você viu como as coisas funcionam no nosso país. Polícia, juiz. Imagine como foi para o Benny. Não é? Não aceita bem a piada, não é? Alô? Terra chamando Shy! Não finja que não está me ouvindo.

Cheiro de colchonete úmido do porta-malas do carro da vó, como embaixo de um tronco, como o canto da garagem onde seu forte apache apodreceu de um verão para o outro. Madeira úmida.

Você vai ter que confiar em mim pra isso, enquanto não inventamos uma máquina do tempo. Olha. Você não pode se definir a partir de quem você é agora, pelo Shy de 1995. Você nem vai se lembrar dele muito bem. O Shy de 2005 vai olhar para esse Shy de agora e vai concordar comigo. Ele diria algo como, Shy, eu estava aqui do lado. Simplesmente passe logo dessa fase. Ele vai dizer, o Steve estava certo!

Humm, perdão por ter ameaçado matar meu padrasto.

Perdão por ter sido expulso.

Perdão por ter vendido aos moleques lama seca embrulhada em papel filme.

Não me arrependo particularmente de nada disso, para ser franco.

Tá legal.

Certo. Tranquilo. Lá vai.

Perdão por riscar o carro da mamãe. Sério. Isso é verdade. Caguei e realmente me arrependo.

Perdão porque às vezes perco o controle, digamos, de tudo.

Perdão por ter atacado aquele ruivo com a garrafa, óbvio.

Perdão por ter embolsado aquele disco do Doc Scott, haha sem o menor remorso.

Perdão por ter pichado BUCETA na parede de Liam, mas ficou foda. Também não me arrependo.

Perdão por ter perdido o saco de MDMA da Kelly.

Certo, aqui vai outra. Perdão por ter me comportado como um babaca no enterro da vovó. Isso me incomoda. Eu me sinto mal por ter feito isso.

Tem muita coisa, imagino. Perdão, Becky, perdão, Gill e Michael, perdão, mãe, perdão, Iain.

Voltamos à Zona da Frustração, Shy. Lembra? Achamos que a sua Caverna do Sono podia ajudar, e não ajudou, então você está ansioso e contrariado consigo mesmo. É aquele tipo de pensamento que leva à Perda do Foco, certo? Lembra?

Shy!

Shy? Está escutando?

Tá legal, tire o fone de ouvido, por favor. Shy, isso é muita grosseria.

Acho que essa música não está ajudando, muito rápida e fragmentada e metálica. Se formos procurar um motivo para você não estar tendo sono REM*, talvez não precisemos procurar muito além desse Walkman, não é? Está sempre ligado, e precisamos que você desligue um pouco.*

Shy! Tem alguém aí? Eu realmente estava torcendo para que tivéssemos superado esse tipo de atitude.

Ele quer escrever para o menino cujo rosto rasgou e dizer alguma coisa.

Ele quer voltar ao momento da discussão com o menino, em vez de ficar no acontecimento isolado, tão engrandecido e indiscutível na cabeça de todo mundo. Ele realmente não consegue reter nenhum pensamento ou sentimento na cabeça a respeito de ter feito aquilo, de modo que se pergunta se o menino tem alguma clareza sobre aquilo ter sido realmente feito. Ele se pergunta sobre a cicatriz.

Carregando uma mochila pesada de remorsos.

Estranhas nuvens iluminadas pelo azul-neon do luar,
perebentas como bochechas com acne. Carnudas.
O mundo sólido se dissolve e depois coagula, como o sono
interrompido, e ele se esfacela nele, recordando.

> ***Você não devia fazer isso consigo mesmo, Shy.***
> ***Meu bebezinho. Você não devia se machucar desse jeito.***
> ***Você só tem esse corpo.***

Jenny diz *E o Iain? Que tal ele?*

Shy diz Está lavando o carro. Jogando golfe. Acordado preocupado com as calhas.

Jenny diz *Ora, vamos. E daí que ele gosta do carro dele? E daí que ele gosta de golfe? Todo mundo tem que gostar das mesmas coisas que você? Isso não daria certo, não é mesmo?*

Shy diz Humpf.

Jenny diz *Eu diria que há preocupações maiores no mundo do que nos ocuparmos do Iain.*

Ele funga e cospe e suspende um pouco a mochila sobre os ombros doloridos.

Os outros professores e eu achamos que você está absorvendo mais do que é a sua justa parte do espaço no momento. Boa parte da nossa atenção. Simplesmente diminua um pouco esse volume, por favor.

[A câmera invade a sala de televisão, três sofás marrons imensos, afundados, uma minicesta de basquete atrás da porta, a mesa de sinuca, pilhas de revistas, *Mixmag*, *Loaded* e *FHM*. Garotos à toa de moletons fedorentos, inquietos e instigantes.]

"Aqui tentamos incentivar o bom comportamento", afirma Steve, "em vez de punir o mau, mas tudo tem limite. Muito engraçado, rapazes. Acho que agora já chega. Perdão, tem gente ainda querendo se exibir aqui. Sim, muito bom. Shy, esses foram os seus quinze minutos de fama. Devem estar chegando novos tacos de sinuca hoje, e os meninos estão um pouquinho empolgados demais. Que pena!"

Jenny diz *Você pode me dar um exemplo?*

Shy diz Tipo, tipo ficar obcecado e frustrado com as minhas coisas minúsculas e depois envergonhado e constrangido porque coisas tão mínimas ficam tão grandes na minha cabeça. Ou merdas gigantes além do meu controle.

Jenny diz *Tá certo, e você pode me dar um exemplo dessas merdas gigantes?*

Shy diz Humm! Desculpa, é que hoje eu realmente estou muito cansado.

Jenny diz *Vamos no seu ritmo.*

Shy diz Tá legal. A floresta amazônica sendo derrubada e as pessoas criticando o Sting por se importar com isso como se elas alguma vez tivessem feito alguma coisa a respeito enquanto o Sting faz o que pode.

Jenny diz *Sério?*

Shy diz Isso me dá nos nervos.

Ele para e olha ao redor. Sente-se muito sozinho, muito pequeno, muito ignorante. Humilhado por uma preocupação espessa e súbita. Ele precisa resolver isso. Não deixar que o excesso de pensamentos o asfixie. Pequenas ideias plantadas descontroladamente no imenso hangar de *gabber* de seus terrores noturnos. *Remorsos na rave.* Uma imensa aparelhagem de som expulsando qualquer outro ruído. Paranoia e sede. Não vires a noite na balada com uma mochila de quartzos.

> ***Não estou falando isso para fazer você se sentir culpado, mas você já pensou que a sua mãe é um ser humano, fora de você? Você sabia que esse lago da depressão que você está descrevendo como estando caindo nele, é um lago que a sua mãe conhece bem? Ela está tentando sair desse lago e agora ela está vendo o filho dela correndo para cair nele também. Você está minimamente interessado no que eu estou dizendo, Shy?***

Quando a mãe dele disse que tinha saído e comprado um pacote de dez maços de Number Ones e ele podia ficar com esses cigarros e podia até fumar esses cigarros em casa, na entrada da frente, contanto que jogasse as bitucas no lixo, com a condição de que ele ficasse sentado e assistisse a um vídeo de férias com ela e com o Iain, e ele concordou de modo que ela lhe deu os cigarros e ele saiu e fumou um, voltou e se juntou a eles na sala de estar, e Iain tinha tirado a câmera do armário e as fitas VHS todas etiquetadas nas caixinhas e pôs ASPERSOR DE ÁGUA / CHARMOUTH 86 e eles assistiram ao vídeo, e o pequeno Shy foi entrando no mar e a mãe deu risada e Iain deu risada e Shy pulou e saltou no rasinho e voltou e depois bateu-bateu-bateu numa pedra com seu martelinho especial, mas não encontrou um fóssil, então Iain soltou uma pipa enquanto a mãe ria para ele, depois a mãe dele correu até o mar, deu um gritinho de frio e voltou correndo e dando risada, falando *Desliga isso, Iain, desliga isso, seu safado*, aí Iain fez um comentário sobre Shy levantando pedras, *Com certeza não, certamente o rapazinho não conseguirá levantar esse rochedo desse tamanho sozinho e OOOH SANTO DEUS ELE CONSEGUIU E LEVANTOU A PEDRA, é impressionante, senhoras e senhores, cenas inacreditáveis aqui na competição do Menino Mais Forte do Mundo,* e então corta de volta para o jardim dos fundos, naquele mesmo verão, e Shy em sua roupa de Homem-Aranha bebê, pequena demais, curta em seus pulsos e tornozelos finos, molhada e justa no corpo, pulando por cima do aspersor de água, e então ele se aproxima do Iain, dá uma estrela e grita *BORN* para a lente da câmera e enquanto sai correndo cantarola *in the USA*, e se vira no final do jardim perto da estufa e volta outra vez, saltando por cima do aspersor, *BORN*, correndo de novo pelo jardim, *in the USA*, sem parar mais, e Iain está gargalhando e dá para ouvir

Gill e Michael e a mãe dele ao fundo conversando e rindo, e a fita termina e a mãe dele diz *Viu, não foi tão difícil* e Shy diz Estou pouco me fodendo, mãe, e Iain diz *Ei, espere um minuto aí*, e Shy diz Você também vai se foder, Iain, e Iain diz *Opa, opa, pode parar aí mesmo,* e Shy imita Iain, Opa, opa, e chuta a caixa de fitas para o outro lado da sala e sai pelo corredor e bate a porta ao som sobreposto de *Lá vamos nós de novo* e *Nada está dando certo* e *Volte já aqui* e *Deixa ele ir*, e ele fica com essa música grudada na cabeça e ele perambula pelo parque fumando e cuspindo e se sente entediado mas fazer o quê?, ele só sabe aquilo, só aquele pedaço, ele não sabe o resto da música.

É verdade que você comeu a filha do fazendeiro, uuu-arrrrr, Shy, Shy, não me deixe falando com as paredes, seu merda, moleque maluco, você trepou até com vaca, seu nojento desgraçado. Oi, Shy, espere aí, a gente só estava brincando. Shy!

Depois da ejaculação precoce, ele foi até os escaninhos e roubou uma correspondência para o Cal. Ele abriu para ver se era dinheiro, porque o Cal é um riquinho filho da puta, então escondeu no fundo da lixeira.

Pequenas coisinhas. Algumas vezes. Lambeu as próprias feridas, revidou.

Ele falou abertamente na sala de aula que tudo o que era bom na música britânica tinha vindo da cultura negra, e Jamie disse *Meu deus, quando crescer o Shy vai querer ser preto*, depois ele escondeu o moletom Ellesse do Jamie atrás do tanque do vestiário.

"A maior riqueza é viver", meu chapa. Vamos começar levantando, quem sabe um banho, talvez pensar em trocar a cueca, depois se vestir, e aí vamos ver o que temos para hoje, certo?

Ele tomou um gole da garrafa de água ao lado da cama na semana passada e parecia mijo morno, espumante, e ele vomitou e socou o travesseiro, tentou não chorar, emparedado, trancafiado numa casa mal-assombrada com outros meninos iguais a ele. Não tem como dar certo.

O que eu estou te dizendo é que é dando que se recebe, Shy, e o que você dá, você também terá que aceitar em troca. Talvez tentar guardar para si um pouco de si mesmo por algum tempo?

Visões, terrores noturnos, vozes, conversas ao telefone com a mãe sobre a bisavó paranormal, conversas com Steve sobre William Blake e enxaqueca e ayahuasca, conversas com o médico sobre drogas e evitar maconha e filmes de terror, conversas com Jenny sobre brigas e fugas, ar fresco e exercício, reconhecer a coceira em seus olhos, marcas de cansaço, linhas de expressão, repetições, intuições inexplicáveis, é como se ele estivesse tentando descrever, como um rolo de arame farpado dentro de mim, raspando por baixo de tudo, todos os dias o dia inteiro, e então isso vira algo escorregadio, agitado, às vezes eu fico realmente empolgado e saltitante e os pensamentos das outras pessoas ficam vibrando no meu corpo inteiro e é como se eu soubesse o que estão sentindo, imagens simples, sequências claras, como se eu soubesse exatamente o que está se passando antes e depois, como se o meu cérebro tivesse encontrado sua batida, depois passa e acaba de novo. Só fica a lama.

Merda. Só eu de novo.

A mente é um universo, com buracos negros e tudo mais, diz Steve. É uma loucura, e é verdade.

Ele não estaria afundando tanto a cada passo se não estivesse carregando uma mochila cheia de pedras de quartzo,
e é verdade.

Ele sorri.

Cal se sentiu culpado pela história do Shy Já-Gozou e compensou dando de aniversário um saco de skunk de dez, o último que ele tinha guardado, e está prestes a fumar.

Caralho, o Shy tem uma voz de anjo! Oi, Shy, Shy, canta de novo aquela, escutem o meu coelhinho do jungle cantar.

Benny raspou o cabelo do Shy, máquina 2 em tudo, e Jamie disse que o Shy ficou parecendo um órfão moribundo numa propaganda de caridade e Benny disse *Oi Jamie, que tal você ir se foder pra lá, só pra variar um pouco.*

O deputado daquele distrito visitou a Última Chance, para dar uma volta, fazer social, tirar uma ou duas fotos, um pouco de história da arquitetura do lugar. Calça de veludo amarela, tapando o nariz na sala de televisão, limpando a mão depois de cada cumprimento, dizendo *A educação é a salvação, meus jovens amigos*, e *Alguém tem alguma pergunta?* Steve dizendo *Rapazes, ora, vamos, geralmente vocês têm tanta desenvoltura para falar sem parar*, e Shy educadamente levantando a mão e perguntando:

Eu gostaria de saber, senhor, se é parte do treinamento para ser, tipo, deputado, ou o senhor sempre foi babaca desse jeito?

Bang bang, Shy.

O peito dele vibra acaloradamente lembrando isso,
a coragem, o momento exato, a reação.

Ei, DJ, vamos jogar limpo.

Eles discutiram sobre o deputado em sala de aula. Andy Bonzinho Professor Barbudo de História tinha dito que era bom que os deputados fossem confrontados, mas qual seria o próximo passo? Como fariam para criar uma sociedade mais justa? Com quais ferramentas e ideias? Só com base na raiva?

Alguns de vocês já vão votar nas eleições de 97, essa é uma arma poderosa.

Jamie retrucou *Arma poderosa é uma espingarda de cano serrado.*

Shy estava irritado com o Andy Bonzinho Professor Barbudo de História na semana anterior e não se lembrava mais por quê. Ricocheteando pela Última Chance como se fosse uma bolinha de fliperama contrariada.

> ***Meu deus, essa turminha e a música deles. Teorizando eternamente sobre isso. Sempre falando de como as coisas estão ruins. Como é difícil. É isso, não é, Shy? O Shy aqui é o governador-geral do drum n bass, convertendo todo mundo. Esse é o lance dele. Ele tem essas caixinhas de cassetes altamente disputadas e ele as empresta para os rapazes.***
>
> ***Difícil. Obscuro. Mortífero. Renegado. Brutal. Pelo visto, é isso que eles querem. Todos amontoados, balançando a cabeça, cada um com seu fone de ouvido. Agora eu os deixei constrangidos, olha só.***

Quando ele tinha uns quinze anos de idade, a mãe comentou que tinha dado sua velha caixa de carrinhos Hot Wheels para a creche da igreja e isso foi demais para ele. Ele a chamou de puta cruel, e ela estremeceu e seu semblante assumiu uma expressão de pavor e ela ficou tremendo, andando em círculos pela cozinha, com as mãos postas como uma freira rezando, ela simplesmente não conseguia entender, ela não sabia por que ele ainda queria aqueles brinquedos velhos, ele nem olhava para aqueles carrinhos fazia anos, e ela não podia acreditar que ele seria capaz de falar assim com a própria mãe, ela simplesmente estava tentando arrumar espaço na casa, ela achava que ele não gostava mais dos carrinhos velhos, ela não o via brincando com Hot Wheels nos últimos anos, e Shy berrou Cala a boca e Cala a boca e Cala a boca, mãe, ele bateu com a testa na mesa várias vezes, e a mãe falava *Pare com isso, meu bem, eu estou te implorando*, e ele a odiou e quis se enfiar debaixo da terra e morrer e a mãe dizia *Fale comigo, por favor, me explique* e ele cobriu os ouvidos e murmurou linhas de baixo furiosas e intrincadas em sua cabeça vermelha e fechada como uma tempestade de raios pelo tempo que julgou necessário e, quando ergueu os olhos, ela tinha ido embora e sua visão ficou cheia de minhoquinhas pretas se contorcendo e ele não conseguia mais se lembrar do motivo de estar tão irritado.

E isso aconteceu várias e várias vezes.

Shy se pergunta por quê.

Quando ele acordou duas vezes de um pesadelo na semana passada, foi ao lago e andou de ponta-cabeça, de olhos abertos, mas toda vez que tentava se deitar, no segundo exato em que seu peso estava no fundo do lago, alguém o alcançava e o tirava da água, puxando pelos cabelos, içado quase afogado até a tona, que é o banheiro do sótão, sob a superfície calma, rompida, cabelos puxados, de volta ao banheiro, grafite na viga, sob a superfície alarmada, um cano de metal passando através dele, uma mulher nua metade Amanda, metade desconhecida, brincando de dar voltas no lago, mais depressa que um ser humano seria capaz de correr, como um vídeo acelerado, banheiro, de volta embaixo, fazendo um barulho como as raposas transando à noite, paus pontiagudos uivando, rasgando o ar saindo do lago, de volta ao banheiro, viga entalhada gargalhando, quando ele consegue se deitar no colchão macio do fundo do lago, rasga o ar, sugado de volta para a tona, cabelos sendo puxados da cabeça dele, de volta ao banheiro, metade Amanda guinchando e correndo em volta da piscina como se houvesse trilhos, como trens de bitola estreita em feiras ferroviárias, o rosto da menina fantasma no corpo da Amanda, dando voltas e mais voltas no lago, pele branca, menina correndo, cano de metal na barriga de Shy, nas costas dele, dentro da boca dele, se ele cair aquilo vai esmagar sua garganta, cravar no crânio, de modo que a única saída é a velha pia de porcelana, bater a cabeça e morrer, bater o ponto da saída, se chocar ou se impedir de ver o nu em círculos ordenhá-lo puxando cabelo dor no couro cabeludo duro cano de ferro no meio do lago, já é o suficiente, qualquer coisa, bater até desligar, já é o suficiente, qualquer escapatória do sonho, para fora do buraco, e ele se posiciona, lá vai, rápido e limpo, um jeito legal de partir, dentes sorridentes rindo no espelho que é o lago que é redondo, redondo e chato, perdão, não se reconhece na tempestade de trovões vomitados várias e várias vezes ainda Shy ouvindo, ainda pensando, e ele bate o rosto na pia com toda a força, bate esperando esquecimento frio fragmentado de osso afiado, mas a pia é um travesseiro macio de algodão com seu cheiro e ele acorda ofegante no quarto, pôster da RAM Records, cabeça quente, o coração two-step soltando metais no peito, blam, blam, claque / claque, caralho dos infernos, o que foi essa desgraça, blam, blam, claque / claque, bate na parede do lado da cama, ataque cardíaco, não sei lidar, vale a pena morrer só para não ter mais esses sonhos, é a porra da casa assombrada, cada cômodo tem um estoque de vídeos de pessoas que viveram e morreram e tiveram sonhos apavorantes nessa casa, ofegante, a respiração curta de Shy como o som dos passos de voltas de corrida, e então o edredom é erguido dos pés dele, e ele berra, mas não sai nenhum som, e no sonho ele fica lívido e é levado a pensar que acordou, uma segunda camada, grita, mas a boca é tapada, impotente, outra pessoa ofegante, o som de alguém ofegante, o edredom erguido de cima dele como a mãe costumava fazer em noites quentes para refrescá-lo, para ventilar, mas é o Benny, várias caras de Benny se amontoando sobre ele várias e várias vezes como uma febre reprisando VHS pausado ou um risco no disco de vinil e um giro suave do edredom mergulha e começa a beijar Shy, lamber Shy, empurrar Shy para baixo, e é duro e estranho e rudemente bom, descendo, enfiando para dentro, e Amanda é uma menina com o corpo de Benny, empurrando para baixo os ombros de Shy de modo que ele não consegue se mexer, Benny está mordendo os lábios de Shy, depois o nariz, puxando os cabelos de Shy, não vou deixar você se afogar, meu chapa, não vou deixar nem fodendo, puxão na franja, aperto no passo, Amanda está com o rosto de Benny, mas cheiro de tapete e eles estão masturbando Shy, múltiplos braços, eles têm um gosto um pouco metálico, rio aconchegante, cê-cê e dentro salgado e quente como vulva, e ele está tentando dizer chega, mas sua cabeça está dentro d'água de modo que saem apenas bolhas, e Benny está dizendo *Prepare-se*, não quer gozar, não pode sujar a cama, *Shy, se prepara*, e as voltas em torno do lago estão ligadas ao seu estômago, um espasmo como se ele fosse cagar, como se fosse gozar, e toda uma multidão de gente começa a empurrar sem que ele goze e o jogam várias e várias vezes um para o outro, na direção da cerca de segurança e ele está tentando respirar, chapado demais, mas as pessoas estão gritando, a bomba vai cair, e Benny diz *Lá vem, lá vem, prepara, lá vem, essa é a minha música favorita*, chapado demais, de modo que ele ergue a pia do chão e bum, o baixo esmaga a cara de Shy, e Shy acorda na claridade branca e alerta, com uma imagem em eco de seus dentes e mandíbula cobertos de sangue e com uma falsidade de filme de terror B na borda da pia, agora ele está acordado, Jesus Cristo, como ele acordou, pôster da RAM Records, cabeça quente, coração two-step soltando metais no peito, bum/blap bum/blap, claquete-claquete, ataque cardíaco, caralho cara, prefiro morrer a passar por essa porra toda noite com esses sonhos, e depois o edredom se ergue e Shy começa a gritar, e a mãe do Shy está tentando acalmá-lo, Steve está no quarto tentando acordá-lo, Benny está xingando e andando em círculos, a garota de roupas antigas dizendo *Vamos acordar, deixe a gente em paz, deem um tempo para ele*, a mãe de Shy ainda está no sonho dizendo *Preparar, ventilar, preparar, ventilar, melhor assim*, e o edredom fresco é melhor, ela sabe o que fazer quando Shy tem terrores noturnos, só levantar o edredom, ele está totalmente absorto, cara, você acordou a casa inteira, tem certeza de que ele está acordado?, ele não gosta de ser apanhado entre o sono e a vigília, nunca gostou, pobre cordeirinho.

Meu conselho é você procurar um meio-termo, Shy. Quando você está animado, você é muito animado, e quando você está para baixo, muito para baixo. É exaustivo demais, para ser sincero.

Ele está quase lá e está com fome e suas costas estão doendo.

Shy é um fantasma, né? Por isso ele é tão branco. Shy morreu faz vinte anos, e agora ele está assombrando a gente.

Andy Bonzinho Professor Barbudo de História: *Quero falar com você sobre isso, mas do jeito certo, com os outros, não sentado no chão do banheiro chorando. Pode ser?*

Shy: Claro.

Andy Bonzinho Professor Barbudo de História: *Existem outras opções, cara. Vamos, levante daí.*

Shy: Só vou jogar uma água no rosto, saio em dois segundos.

Andy Bonzinho Professor Barbudo de História: *Certo. A gente se fala em um minuto.*

Shy: Combinado.

Andy Bonzinho Professor Barbudo de História: *Suave na nave.*

Shy: Fechou.

Andy Bonzinho Professor Barbudo de História: *Tranquilo.*

Shy: Sinto muito mesmo, não consigo parar de chorar, Andy.

Andy Bonzinho Professor Barbudo de História: *Vem cá, dá um abraço.*

Eu falei para ele, lá vai ter um monte de estupradores, infratores violentos, assassinos creio que não, mas alguns rapazes muito perturbados, e ele se levantou, deu a volta na mesa, e disse Mãe, eu sou um rapaz muito perturbado, *e eu falei Não, meu bem, você só está perdido, é diferente, e ele disse,* Mãe, escuta o que eu estou dizendo, sei que você me ama, mas não é nada diferente, eu não estou perdido. Eu estou onde eu mesmo me meti, *e eu falei Oh, querido, não, e ele falou* Mãe, psiu. Dane-se. É uma escola nova. É minha última chance. Vou aceitar.

Nem tudo na vida é drum n bass. Viver não é só ficar chapado.

Ele atravessa a pista de cascalho na direção da mesa de piquenique, quatro sons de passos crocantes de cereal.

Você está tomando muito espaço.

E lá está.

Enganado, liso como nanquim, silencioso, à vontade com seu próprio peso desconhecido.

O lago.

Fezes de pato. Fezes de pombo. Cardos. Diesel. Freixo. Urtigas. Antiquíssimo carvalho escrito "risco" em vermelho. Salgueiro minguado. Uma corda velha. Lacres de plástico de latas de cerveja. Fezes duras de cachorro em sacos plásticos pretos. Lentilha aquática. Maço de Rizla azul vazio. Pelotas regurgitadas de corujas. Lenços de papel. Lilases. Plantagos. Sacola de mercado. Uma lata de Foster's. Bituca de cigarro. Ulmárias. Mas a única coisa que Shy vê é a noite refletida mais nitidamente que a noite real, esplêndida na lápide negra do lago.

Ele se senta na mesa de piquenique com os pés no banco.

Ele põe os fones de ouvido e aperta play.

Escondido em seu capuz em seu mundo perfeito de breaks e linhas de baixo e passos de fogo rápido. Arrebatado.

Ele se recosta para deixar a mesa assumir o peso da mochila. Geme de alívio.

A lua está atrás da nuvem. A densidade da noite é diferente perto do lago.

Ele estica uma perna, pega o maço de cigarros do bolso, saca o baseado, amassa o maço e joga no chão. Segura o beque bem bolado entre dois dedos, aperfeiçoando o cone. Morde e cospe a ponta torcida, então acende.

Ele realmente adora, muito, muito bom. Bafora bastante, saboreando, deixando a fumaça subir da boca lentamente e serpentear para dentro das narinas, então sopra anéis, depois puxa forte e profundamente e tosse, e nuvens do tamanho de pulmões são suavemente borrrrrrbulhadas na noite leitosa e então ele segura o baseado na ponta dos dedos, amistoso farol cor de cereja na altura do coração, e diz com sinceridade: eu te amo, mas ele mesmo não ouve a própria voz por causa da música tão alta nos ouvidos, *Inside the ride*. Se tivesse uma corneta agora, ele tocaria. *Expresse seus sentimentos*. Ele geralmente prefere que o MC seja menos falador e repetitivo no mix, mas hoje está contente com sua companhia. *Yup yup in the town, up in the town, dance right now and move around*. Ele pega seu isqueiro e o levanta acima da cabeça, sorrindo. *Trust me, trust me, run that.*

Balançando a cabeça e o corpo. Ele abaixa o pescoço e meneia e olha para a esquerda, esquadrinha o lago, e olha para a direita, meneando para a noite, calor no coração, a mente inteira brilhando. Ele põe as mãos dentro do capuz e pressiona os fones com força nos ouvidos, então abre bem os braços e olha para o céu, depois pula e abaixa a cabeça dobrando o tempo, depois se encolhe de modo que a cabeça quase encoste em seu colo, e a mochila é erguida da mesa, então ele balança depressa a cabeça esquerda direita esquerda direita como se assistisse a uma partida de tênis em 170 bpm. Depois se senta e espeta o ar com o baseado, depois faz arminha com os dedos das duas mãos e aponta várias vezes para o chão diante de si, então balança a cabeça na metade da velocidade e gira os ombros, depois acena com a mão direita no ar, fazendo círculos, então se reclina sobre a mochila cheia de pedras e dá um sorrisinho.

Ele ergue o isqueiro.

> ***Isqueirrrrrrro.***

Ele termina o baseado. Fecha os olhos para tragar o restinho de resina queimando na ponta nos lábios. Melhor parte. Depois apaga a ponta, senta ereto e joga fora a ponta com um peteleco.

Desce do banco e faz caretas para o céu. Sorri e diz, É isso aí, mano.

O peso torna a surpreendê-lo e ele quase cai para trás em cima do banco. Cambaleia e gargalha. A dor nos ombros é intensa, mas ele está nas nuvens, tonto ao se levantar, radiante. Ele retoma o equilíbrio a tempo no ritmo da música, mas só por alguns segundos. Até para andar sem esforço está difícil; as pedras estão puxando para baixo.

Ele tira o capuz e os fones de ouvido.

Aperta stop.

A nudez e o silêncio do mundo são atrozes.

Orelhas frias.

Ele enrola o fio do fone algumas vezes em volta do Walkman, bem justo para manter fechada a portinha com a fita dentro. Beija o Walkman e diz Original Junglist Massive. Ele deposita o aparelho na mesa de piquenique, faz um carinho e diz: Obrigado.

Ele se vira para olhar na direção da casa e escuta um farfalhar, bem na frente dele, um som arrastado de folhas secas ou pés se movendo, mas a única coisa que consegue enxergar é a trilha, a cerca, o campo de baixo. Animal graúdo, ou humano cauteloso. Podia haver algum ali naquela cerca, ou atrás dela, escondido no campo a observá-lo. Ele podia ter passado por alguém deitado no terreno arado, um vulto escuro disfarçado contra um campo preto ou agachado na sombra da cerca, ou à espreita atrás de uma árvore. Alguém ali fora aguardando alguma transação noturna escusa, insalubre, algum maluco interiorano agindo estranhamente. Ele se vira e olha para o lago e a sensação passa. É só uma preocupação, pensando bem, de modo que ele se levanta e segue adiante, superando elucubrações passadas.

Ele murmura uma linha de baixo consigo mesmo enquanto caminha na direção da margem do lago e sente o lampejo de uma tentação de rebobinar, retroceder, aos berros, pelo campo, até sua cama, até seus sonhos, até Steve e Amanda e os meninos, até as revisões na semana antes das provas e os salgados matinais aos sábados e a elaboração de suas mixtapes e o seu travesseiro, seu edredom, seu... Seus pés estão dentro.

> ***bom bom bobbabom-bobbabbom***
> ***bom bom bobbabom-bobbabbom***

Uau.

Água gelada.

Jesus.

Muito chapado.

Ele passou pela prancha presa com arame e entrou no rasinho sujo, fundo firme, mas escorregadio, e os tênis e as meias foram logo ficando totalmente molhados conforme ele avançava. O leito fica mais macio quando ele chega com água pelos joelhos. As ondulações se afastam dele calmamente. Nenhum grasnar nem bater de asas. O lago está dormindo. Agora o fundo grudento suga as solas. Jeans pesado. Não está tão frio quanto ele achou que estaria, mas está ficando congelante pra caralho.

Sons de respingos e delicados gotejamentos do corpo que caminha dentro da água.

Até a cintura.

As algas ou o que quer que seja no fundo do lago estão se enroscando nos pés de modo que ele passa a dar passos mais altos e chafurda em frente, arrastando as mãos ao lado do corpo, lembrando-se da água gelada em Durdle Door. Último a chegar. Os caras da Última Chance numa excursão de verão, comportados ou mandados de volta para o ônibus. Sem fumar, sem mergulhar da pedra, sem assustar os moradores. Ele não conseguia se convencer a passar da cintura e todo mundo gritando e rindo do jeito dele de entrar na água na ponta dos pés, do corpo magro e da pele ultrapálida. *O corpo do Shy parece de defunto. O Shy é tão branco que até brilha!* Rindo e engasgando, sendo puxado e afogado. Dia feliz. Ficaram tanto tempo na água que os dedos enrugaram. Os ombros do Shy ficaram com marcas de dedos onde ele mesmo passou protetor solar.

O lago não está ficando mais fundo. Farfalhar líquido, respingos, passo a passo, tudo preto azulado, oleoso e afiado, lua ao fundo, confusão lenta emaranhada em seus pensamentos. O reflexo das árvores na água é a coisa mais linda que ele já viu. Ninguém havia contado para ele que a noite fora da cidade era desse jeito. Extremamente lisa, mas concentrada. Silêncio de fungadas. Deviam ensinar esse tipo de coisa para as crianças. Dizer que a noite é como o espaço sideral.

Ele está quase no meio do lago, perto da pequena ilha dos patos. Ele vê o círculo da sua própria intrusão se abrindo em silêncio.

Repetições chapadas atormentam seu cérebro e o lago tem cheiro de um primo barrento de porra. Fezes de ganso e metal e esterco mofado.

Ele vira o rosto para a mesa de piquenique, a casa, a vida. Suspira e se ajoelha. Aprazível e macio. Ombros, pescoço e cabeça acima da superfície. Ondulações se afastam calmamente dele.

Ele se inclina para a frente e põe o queixo na água, observando a pele lisa do lago. Ele mantém os lábios bem fechados. Seu coração está batendo muito depressa e então, quando está prestes a fechar os olhos, ele os vê.

Em meio aos juncos.

Ele mantém os olhos fechados por um segundo e a forma deles se imprime, em negativo, inexplicável. No ponto invisível entre o mundo que ele compreende e o mundo que ele não compreende, no horizonte do lago.

Duas formas.

Ele abre os olhos e endireita as costas. Ondulações perturbam a superfície.

Ai. Mochila. Está tudo cheio de água.

Seguindo as tábuas, por onde ele entrou no lago, do outro lado dos arbustos com espinhos, da grama e dos juncos. Duas... coisas.

Ele fica imóvel observando por algum tempo, esperando as formas se moverem, aguardando o cérebro oferecer algumas ideias, qualquer coisa, sobre o que diabos é aquilo.

Sua respiração está ruidosa. Ele espera. Seja o que for, não estão se mexendo.

Então as coisas se movem, um pouco.

Estão flutuando, ele pensa. Será que... como chama isso? Aquelas coisas plásticas de barco.

Rrrrr, ora, ora.

Boias. Será que são boias?

Não pode ser, não são redondas o bastante. São irregulares. Não dá para ter certeza do tamanho, mas provavelmente são do tamanho da mochila de Shy, talvez um pouco maiores. O luar brinca com escala e profundidade.

Ele se ergue com esforço, doloroso e pesado, chapinhando na água a esmo, espiando. Ele quer ver. Não parecem estar vivas, porque não estão reagindo à presença dele. Parecem objetos sólidos, plásticos e metálicos, mas não parecem estar amarrados ou ancorados a nada. Quem sabe algum tipo de casinha flutuante de pato ou um artefato de alimentar peixe. Mas não são idênticas; uma é menor, mais achatada. Reluzem ao luar, como que envernizadas, ou cobertas por uma espécie de papel filme. Eca. Ele odeia essas películas grudentas.

Puta que pariu, ele diz e começa a andar na direção delas, para longe do centro do lago.

Conhecendo aquele açude sujo, provavelmente era algum equipamento agrícola, um aparelho alimentador automático, ou um termômetro, como aqueles capacetes de robô pendurados nas árvores atrás da casa. Talvez estejam limpando o lago, liberando aos poucos algum detergente natural, ou dragando lodo. Algo científico.

Afff, que louco pensar como sei pouco sobre as coisas, pensa Shy, quase animado. Steve deve saber. Steve sabe muito sobre qualquer porcaria. Ele acumula fatos como se estivesse empilhando um estoque.

Será que estou sendo estúpido, ele se pergunta. Será que só estou chapado e confuso? Quanto mais se aproxima, menos ele consegue enxergar o que são aquelas coisas. Vão se *des*esclarecendo conforme ele se aproxima.

Ele escorrega no fundo lodoso e quase cai.

Essa PORRADESSAMOCHILA.

Ele para, esperando para ver se as coisas se mexem. Ele não quer ser eletrocutado ou disparar algum tipo de alarme. Se fosse de dia, ele tem certeza de que não estaria assim se arrastando prestes a se cagar nas calças sentindo uma dor quase física por não saber o que é aquilo que está vendo. Culpa da noite, que tira a dimensão de tudo. Ele é capaz de imaginar um momento cômico com um público de um único espectador molhado, quando ele chega até lá, vê o que são as coisas, sente-se um idiota, sente-se enganado pela noite, haha, que otário. Como um pôster de Magic Eye, ele só precisa fazer o cérebro e os olhos trabalharem juntos, para ajudá-lo.

Mija. Delícia. O calor momentâneo de uma garrafa de água quente, logo passa.

Ele está a três ou quatro metros quando começa a sentir a pavorosa certeza de que são animais. São algum tipo de bicho morto, inchado, talvez inflado. Tomara que mortos. Mas, se estivessem mortos, estariam fedendo, não? Bicho morto fede, sim, especialmente bichos mortos molhados. De modo que provavelmente são bonecos. Esculturas. Talvez não sejam de verdade. Bonecos de parque de diversão com a pintura descascada. Desovados no lago.

Ele faz uma marola com o dorso da mão, não mais do que uma marolinha quando chega às coisas, mas o suficiente para levá-las de encontro aos juncos. Ufa. Estão mortas.

Sua mente repassa animais aleatórios. Porco, cachorro, raposa, ovelha. Cabrinhas gordas. Puta que pariu. Qual é o tamanho médio de um arminho? Um bebê cervo gorducho? Seriam lontras? São quase esféricos, bracinhos, patinhas traseiras, uma espécie de focinho. Javalis? Como em *Asterix*? Talvez bonecos de javalis, talvez os caçadores usem para treinar a pontaria? O corpo dele está doendo tanto que é como se tivessem batido nas costas dele com um taco de beisebol.

Ele se vira e chapinha de volta até a prancha de madeira, saindo do raso como um Godzilla magro, emergindo do lago, chafurdando ruidosamente, com as calças infladas. Ele move os braços para fora das alças da mochila e a deixa cair com estrondo no chão e UUUFFA, ele está leve, como aquele truque do batente de fazer em festas, ou numa manobra antigravidade, um aluno da escola de cadetes andando no espaço, rindo, uau, saltitante, que delícia, tão leve, tão gostoso conseguir se mexer, se inclinar, se alongar. Ele anda em pernas leves como plumas e pega uma daquelas coisas que parecem junco. Como um charuto num espeto. Isso vai servir para cutucar. Mas, quando ele tenta estender, o junco se dobra e cai. Ele joga longe e vai até o salgueiro de ar abandonado e escolhe um talo comprido e fino. É difícil quebrar. Ele precisa puxar e torcer e descascar e forçar, e a árvore fica fazendo estardalhaço, tentando expulsá-lo, até que ele consegue arrancar um talo e remove os gravetos menores.

Ele se lembra do farfalhar na cerca.

Ele fica imóvel e escuta.

Nada. Ninguém. Só ele mesmo perdendo tempo no cenário sombrio e azulado de seu drama estúpido.

Ele leva o talo de salgueiro e volta para dentro da água fria e suja, e, ao se aproximar da touceira de juncos, ele avista as coisas, curvadas e caladas, aconchegadas umas nas outras como brinquedos de borracha gigantes boiando numa banheira suja.

De costas.

Ele imagina uma bebê gigante, de nove metros de altura, engatinhando até ali na hora de dormir e tomando banho no raso, deixando seus brinquedinhos espalhados pelo lago, *bruuuuuum, nana nina nana nina, tchibum, cabum*, e uma voz sem corpo vindo de cima mandando ele se lavar bem, lembrando-se de esfregar embaixo do braço, o bumbum, e o bebê ficando muito, muito parado, porque ele escuta alguém se aproximar.

Shy desliza pela água, chegando cada vez mais perto.

Aquelas coisas claramente tiveram pelos algum dia, mas esses pelos deviam ter apodrecido ou se soltado e só são visíveis agora em alguns tufos esparsos. As coisas pareciam de couro na superfície, que é brilhante dos lados onde estão molhadas, e opacas em cima como uma bolsa velha. Tinham pés pequenos, de modo que mais uma vez ele pensa que talvez sejam porcos. Talvez um matadouro tivesse despejado ilegalmente dois cadáveres indesejados. Ambas as cabeças estão viradas para o outro lado. Ele queria ter trazido uma lanterna. Não conseguir enxergar direito é enlouquecedor. Seus olhos estão cansados pra caralho.

Por que não estão fedendo?

Ele estica o talo e cutuca a coisa maior. Recua. Seu corpo está rígido de medo, prestes a tremer e fugir. O talo faz um som de um toque oco num Tupperware vazio. Será que não é um bicho de carapaça dura? Não poderia ser um animal muito velho, como se estivesse mumificado? Criaturas do pântano? Ele sabe o que é turfa. Não tinha uma turfeira por aqui? Será que não podiam ter sido arrotados pelo fundo do lago onde ficaram presos na lama por mil anos? Seria uma ideia totalmente estúpida? Amanda disse que havia ricos malucos nessa região que colecionavam animais exóticos, talvez seja isso, talvez sejam porcos selvagens raros, importados, jogados no lago, podres. Talvez tivessem se comportado mal, e os donos os deixaram escapar, mas não conseguiram suportar o clima, a chuva, a falta do que caçar.

O maior, aquele que ele cutucou, lentamente se vira, flutuando, revelando o rosto.

Puta que *pariu*, não, não, não. Shy sussurra, conforme a criatura se revela e a luz ilumina um pequeno par de presas brancas, um rosnado fixo e seco, cruel, com um toque de êxtase.

Ele estremece e recua mais um pouco. Deve ser algum tipo de guaxinim ou de lontra, parecia de couro teso, algum tipo de musaranho gigante extinto ou o que diabos vivia em lagos ou em brejos, nas profundezas do passado. Ele consegue ver o que devia ter sido a forma original da cabeça por baixo das gengivas inchadas em volta das presas, duas faixas mais visíveis de pelos mais escuros, mais claras dos lados. Uma espécie de sino do castigo do Museu de História Natural começa a tocar, de uma das primeiras vezes em que ele se meteu numa encrenca de verdade, pulando a barreira, montando num ocapi, o professor gritando *Sai daí*, DESCE *JÁ* DAÍ, na esperança de que os colegas o achassem legal, sabendo que seria um prestígio fútil, mesmo que eles achassem legal, torcendo tarde demais para não quebrar a espinha do ocapi, ele era capaz de se lembrar ainda da sensação do dorso do animal, forte, mas oco, por um lado macio, por outro áspero e espesso, sem qualquer relação remota com a vida, um encontro totalmente morto, mas não é o que está acontecendo aqui, o tempo ou a água ou o sol ou a tortura fizeram alguma outra coisa com esses Objetos Boiadores Não Identificados, é como se tivessem parado no ponto intermediário entre criaturas vivas e coisas podres, quando nem mesmo Deus seria capaz de dizer se estavam vivas ou mortas, talvez nem elas próprias seriam capazes de dizer isso uma para a outra, mas elas tentam, elas ficam próximas, só para garantir.

Onde nós estávamos? O que eu era mesmo?

Shy observa como o rosto se alarga, repuxado na direção das órbitas vazias, e depois desce para um estranho calombo úmido logo acima da boca fixa num rosnado, onde devia haver um focinho ou um nariz, um nariz humano, cirurgia plástica, partes removíveis de cabeças de batata de plástico e cenas lembradas pela metade de filmes proibidos.

O maior veio descansar encostado ao menor, ambos com os bracinhos e perninhas empinados, congelados em prontidão, virados para pais invisíveis muito acima do lago, como filhotinhos esperando que lhes fizessem cócegas. Ele imagina como eles deviam estar por dentro. Não havia como saber sem tocá-los, sem levantá-los. Se ele os furasse, será que eles simplesmente murchariam, soltando um gás asqueroso, ou explodiriam, chovendo sobre ele sangue velho e marrom ou urina ou água do lago ou qualquer coisa que esteja encharcando suas tripas infladas? O pensamento enche sua boca de ânsia e ele vomita, um arroto ácido, refluxo de água do lago, teso como um tambor, esfíncter contraído, saco de bile, aquele hambúrguer gorduroso e duro malpassado com presas e listras... TEXUGOS.

Porra, lembrei.

Finalmente!

Texugos mortos inchados.

Ele larga o talo de salgueiro.

Ele bate na água dos dois lados do corpo, dois tapas secos e duros, e uma ave pia e sai voando em pânico detrás dele.

Os texugos continuam onde estavam.

Ele limpa o nariz na manga da camisa, funga e cospe.

Ele fala aos texugos.

Vocês são papai e mamãe, afinal, não é?

Puuuuta que pariiiiu, ele tapa o nariz com a manga da camisa. Alguém matou vocês?

Vocês estão *um nojo.*

Ele respira e suspira e encara o céu salpicado. As nuvens estão coaguladas em conjuntos estriados, iluminadas por trás pela lua obstinada.

O que vocês estão fazendo aqui, estufados desse jeito? Boiando. O que está acontecendo?

Ele fala delicadamente aos texugos com sua voz juvenil, sem afetação, sem gírias, sem fingimento, como costumava falar com a mãe antes, antes de tudo virar uma briga. Um menino assustado com dois corpos mortos, irreconhecíveis.

Alguém fez alguma coisa com vocês? Um humano? Como vocês morreram?

Ele se abraça. Gagueja. Choraminga.

Urrgh. Cadê o pelo de vocês?

"Eu estava num túnel comprido e escuro", ele diz, tristonho. Vocês conhecem essa música? "Valley of Shadows"? Quero que toquem essa no meu funeral.

"Senti que estava nesse túnel   comprido   e escuro", ele repete.

É um sample. É de uma das minhas músicas favoritas.

Não. Os texugos não conhecem essa música.

Ele solta um gemido choramingado e segura a cabeça. Nariz escorrendo. Quase afogado. Confuso.

Pelo menos, eles estão juntos. Talvez tenham morrido da mesma doença, ou tenham vindo juntos para cá para dar cabo de qualquer inconveniência texuga pela qual estivessem passando.

Ele sente uma tristeza colossal.

Uma tristeza causticante.

Uma tristeza quase extática.

Ele sai caminhando lentamente da água. Chapinha e chafurda até onde deixou a mochila e a coloca sobre os ombros.

Recolhe o Walkman e leva na palma da mão aberta para não molhar.

Caminha até o outro lado dos juncos para verificar os texugos. Eles ainda estão lá.

Atravessa a trilha, voltando para casa.

Ele está com cheiro de lago. Tudo está com cheiro de lago. Ele sentia como se conseguisse farejar dentro de micróbios individuais, um insidioso fedor terroso de fertilizante líquido, salamandras e brotos, lodoso, frutado e, conforme ele anda, absorve o cheiro de folhas secas, coisas quebradiças, cheiros oleosos e ocres, um podre bom, cheiros herbais e hídricos e profundos, atatubolados, grudentos, cogumelados, coisas que viram, coisas que continuarão cheirando assim, mesmo que nenhum adolescente molhado esteja ali para cheirá-las. Ele está todo sensível. Não está pensando em nada, ele é puro olfato e sombras e tênis estragados, uma criatura sonâmbula assustadoramente acordada chafurdando por aí.

Algum bicho grasna, zombeteiro, baixinho, perto dele. Acima ou abaixo dele. Algo está se mexendo. Algo farfalhando. Há um *curru, curru*. Agora está tudo acontecendo. Ele não reconhece os próprios sentidos aguçados e brilhantes. Os texugos fundiram o sistema dele, ou talvez ele simplesmente tenha pirado e esteja louco. Ele tropeça e cambaleia, pisando em calombos inesperados e macios, como um bêbado trôpego numa calçada. Ele segue em frente, pesadamente, explodindo, vazio.

Ele poderia aprender essa língua: o fim-de-noitês. Poderia dar aulas particulares para divulgá-la permanentemente, encharcar seus alunos com ela.

Estranho despertar vertiginoso. Desenlace.

Ele respira fundo e o ar está limpo e palatável. Ele sente o ar atingir suas entranhas.

Ele faz a si mesmo a pergunta com a qual Jenny sempre começa:

O que está acontecendo com o Shy nesta semana?

Bem, eu fui ao lago. Havia esses texugos e... humm, agora eu vou voltar. Voltar para casa.

E como você está se sentindo em relação a isso? Sobre essa noite?

Humm.

Sem pressa.

Eu estou me sentindo um pouco sozinho. Um pouco constrangido e triste, para ser franco, Jenny. Um pouco assustado.

Ah, Shy, ele diz com a voz delicada de Jenny. Que pena.

Ele quer saber o que aconteceu com os texugos. Ele quer que alguém explique.

Ele quer um cigarro. Quer vestir o pijama e dormir.

Ele está muito, muito cansado.

Ele quer parar com esses altos e baixos. Quer deter a própria mente. Desligar. Quer dormir dias e dias a fio e não sonhar. Quer ter dezoito anos, poder entrar numa loja e comprar uma garrafa de Captain Morgan e um maço de cigarros e sair e sentar em algum lugar sozinho e não pensar em nada.

Ele quer que a mãe o leve de carro até Harvester num bufê de Comida à Vontade e Coca-Cola infinita e na fábrica de sorvete e sem haver nenhum problema ou nenhum evento especial ou a pressão de um aniversário, só por prazer. Só eles dois.

Ele quer largar a mochila.

Ele quer tatuar o logo da V Recordings no braço.

Ele quer soldados de Marmite mergulhados em gema de ovo mole.

Ele quer toca-discos Technics.

Ele quer um carro.

Ele quer uma namorada que possa visitá-lo nos fins de semana e ficar com ele a tarde inteira e que transfira o gosto de morango dos lábios dela para os dele.

Ele quer conseguir sintonizar rádio pirata, mas está morando nessa casa velha de merda convertida em escola para garotos malcomportados no meio da porra do nada.

Ele quer ser mais alto.

Ele quer ter um pouco de barba.

Os passarinhos começaram a cantar e árvores e arbustos isolados emergem da mesmice da noite.

Ele quer ganhar na loteria e comprar a casa para o Steve e para a equipe de modo que eles possam continuar trabalhando na Última Chance. Quebrando o térreo para fazer um estúdio. Uma parede inteira de caixas de som onde ficam os armários.

A casa parece pálida e fantasmagórica naquela quase madrugada, arqueada sobre o jardim como um pedaço de história ranzinza.

Shy sobe farejando desde o jardim de baixo em direção ao muro de arrimo no meio do campo.

O céu está ficando mais claro, mais quente, rosado e suave. Quase podia ser um final de tarde, fazendo com que Shy se sinta à vontade e acolhido, com dez anos de idade, com permissão para ficar acordado até mais tarde porque sua mãe e Iain estão recebendo amigos, com direito a ficar no jardim de pijama, direito a provar a cerveja de Iain.

As paredes de pedra da casa ganham vida, placas reluzentes de luz amanteigada, cortadas em linhas claras, com janelas elegantes entalhadas e chaminés especiais. Eles aprenderam sobre o arquiteto, sobre os fantasmas e as visitas de reis, mas como caralhos eles conseguiam cortar pedras tão retinhas, encaixá-las, com curvas e cavilhas, e conservá-las tão sólidas por centenas de anos, como eles faziam para colar todas essas pedras? Ele precisa descobrir. Se ele fosse abduzido por alienígenas, se eles descessem e pousassem agora no quintal e o levassem flutuando para dentro de sua nave espacial, como ele se sairia com uma série de perguntas básicas? Eles o devolveriam. *Mostre-nos o fogo*, eles diriam. *Compartilhe conosco os segredos da eletricidade, das bombas, do fax, do avião.* Ele acabaria chutando, mal conseguiria se lembrar. Posso falar do estilo musical que adoro, como surgiu, posso falar sobre acid house, hardcore, dancehall e hip hop, mas os alienígenas o teriam expulsado, ele cairia no gramado com um impacto surdo, um imprestável, um desperdício de espaço.

Que estranho, eles diriam, *alguns humanos não possuem nenhum tipo de conhecimento.*

Ele sobe aos trancos e barrancos até o muro de arrimo e deita de lado. Deixa o Walkman na grama. Desvencilha-se das alças da mochila e se deita, esparramado na madrugada quase aurora, trêmulo.

Pensa nos texugos, boiando entre os juncos, à deriva, ora se encostando, ora se afastando, trombando suavemente um no outro. Pensa neles bem acordados, saindo desastradamente do lago, trotando sem pressa, seguindo o cheiro de Shy. Deve ser difícil correr com aquelas patinhas mirradas de couro, aquelas garras grossas quebradiças e apodrecidas, com prazo de validade expirado, bigodes de outrora, podres, mas determinados, seguiram o humano molhado, pelo campo, eu vou, eu vou, espere aí, Shy, pela brecha na cerca, pra casa agora eu vou, atravessando o jardim de baixo, lá está ele, lá está ele dormindo na grama, mas não conseguimos escalar esse muro.

Perdoe-nos, Shy. Não conseguiremos escalar esse muro.

É um muro de arrimo. É o nome disso mesmo. É feito para te obrigar a parar, exatamente assim.

Ele teria que descer e se esticar e recolher os texugos. Ele manteria o corpo e as pernas na grama e se inclinaria, ao máximo, rosto vermelho, e os levantaria. Eles não deviam ser muito pesados. Ele perdoaria sua aparência apavorante, dois filhos do inferno de Halloween, inchados, um casal de cadáveres borbulhantes, e ele os ajudaria a cruzar o gramado e eles se deitariam ao seu lado, rosnando fixamente para o céu, observando mudar de bege turvo para azul-claro, respirando e observando e estando com ele.

Ah, assim está melhor. Obrigado, Shy.

Ele sorri e deseja ter trazido um maço de cigarro.

Adoro fumar de manhã. É o melhor cigarro. Caras, vocês estão começando a feder.

Ah, meu bem — desculpa, Shy.

Ele está tão frio, deitado na grama úmida, encharcado até os ossos, fedendo a lago. Ele vai pegar uma pneumonia desse jeito. Tanto faz.

Ele gosta das vozes imaginárias que está dando aos texugos. Uma voz anasalada aduladora para o maior, um pouco como o antigo diretor da escola que dizia que sua missão era transformar meninos fracos em homens fortes. Uma voz ligeiramente apologética e sem carisma para o menor, como a voz meiga e queixosa da mãe falando com ele.

Na verdade, não deveríamos sair durante o dia. Mas aqui em cima é adorável, perto da casa, diz o texugo menor.

Não deveríamos nunca ter saído do lago, diz o texugo maior.

Puta que pariu, diz Shy, rindo do próprio delírio esquisito.

Talvez sejamos Nornas, Shy. Lembra? As irmãs esquisitas?

Tremendo descontroladamente.

Talvez sejamos espiões do século vinte e um dizendo Segura a onda, rapazinho, você vai querer ver isso. Haverá músicas incríveis.

Ele se endireita e olha para a casa e esfrega os braços. Eles estão todos lá dentro. Aconchegados e secos.

Shy sente paz e afeto pelos meninos dormindo. Sabe que é uma ilusão, um sintoma noturno, o baseado forte, o lago, seu cansaço, mas ele sente que, para além de todo o abuso e dos lampejos de violência e crueldade, agora eles são definitivamente seus camaradas. Ele e Cal estão planejando ir a um festival no próximo verão. Ele e Benny querem abrir um selo de música. Atomic Bass Recordings. Um cogumelo atômico é o logo, uma explosão furta-cor no meio do adesivo. Eles já fizeram alguns desenhos disso.

Não consigo imaginar isso aqui virando um condomínio de luxo, diz Shy aos texugos.

Ah consegue sim. Claro que consegue.

Todas aquelas pessoas ocupadíssimas, a portas fechadas. Uma casa antiga e elegante e reformada. Fatiada em apartamentos.

Shy sorri. Talvez ele telefone amanhã para a mãe. Hoje. Ele vai ligar hoje para ela.

Você devia mesmo, diz o texugo maior.

Ele está com muito sono.

Está amanhecendo. A casa está suavemente alaranjada, e o céu baixo está estufado de flunfa cor-de-rosa. Há uma imensidão azulada acima dele.

Bonito, diz o texugo menor.

Shy se deita de lado, encolhe-se numa pausa sobre a grama e fecha os olhos.

Os texugos mostram o próprio Shy, adormecido em seu quarto, observado por outra pessoa, de volta a quando era mais amplo, acordando antes que as falsas paredes dividissem um cômodo em três, sonhos mais amplos, nos anos sessenta, acordando como uma menina chamada Eve que morava com o tio e a tia ricos que não conseguiam compreendê-la e nem tentavam e ela se afundava cada vez mais obscura e obstinadamente em sua melancolia, lutava contra poderosos pesadelos, observava Shy dormindo, demônios azuis e múltiplos despertares, gritos no sótão, estranhas visões de si mesma como velha, acenou de volta com alerta, entalhou o nome na viga de madeira acima da cama, usou pulôveres tricotados de qualquer jeito para se esconder, deu telefonemas esquisitos para os pais do outro lado do mundo, vozes sem corpo, estrangeiros com modos reprimidos e moral antiquada, Shy se sente à vontade dentro da cabeça dela, companhia lívida, soturna tagarela interior, pequenos cortes nas coxas dela, posso entrar?, batidinhas na porta da memória, na base dos pés dela, nem tenta, Para cima deles, Evie, pequenos cortes na parte interna e macia do braço dela, combinando exatamente, acordando diante de um homem com um rosto feito de lençóis e os dedos dele na garganta dela, entre as pernas dela dobradas para cima e depois dolorosa e estridentemente ele desperta na casa fria e escura ouvindo uma mulher gritar no sótão, sem dúvida há um menino murmurando dentro daquelas paredes cruéis, fantasmas indesejados, cigarros roubados, nossa filha evidentemente ficou louca, uma estranha fúria cambaleante, uma pesada sensação de desânimo, idade difícil, fracasso, a Vovó teria vergonha, boca seca e sem palavras, panorama inútil para Eve em qualquer direção, Shy se sente transcrito, inclinado de lado, descuidado em comparação, sem nenhum plano, ao passo que ela tem de repente uma clara ambição nítida e dolorosa de ir embora e ele sente isso, a ideia dela que cresce e toma forma e parece a única resposta ao problema dela, Eve fixando-se a uma cena chocante, o corpo que não seria mais seu problema, dando um tapa na mãe, expondo-se, envergonhando a família, enviando um cartão-postal inesquecível para os pais, o lago, a filha desgraçada se tornando interdita, proibida de ser mencionada, conservada em cartas e sussurros e numa roseira plantada no jardim murado, um versículo na Bíblia sobre crime, um gesto dirigido ao estúpido culto da longevidade, sonhos de estrondo, estalo, asfixia e então nada, esplendor de neve, estouro, impacto e então morte, sonhos de salgueiro, Eve na brecha entre galho e chão, imortal, liberada, perdeu a cabeça, depois nela se insinua, na noite leviana, um breve anseio de estar em Londres, de roubar os cigarros do tio dela, uma pessoa diferente numa pele semelhante bebendo gim da garrafa na sala de estar, cantando, escuro lá fora, olhando para dentro, qualquer velho alguém desconhecido, manchas na testa dela como as de Shy, cortes, paródias de *Top of the Pops*, murmurando letras dos Stones consigo mesma, perdida entre as garotas do colégio, os valentões na cabeça dela, a bondade da inspetora, bebe todo esse gim e dança já sem tristeza em volta do lago e logo deixa de ponderar, de modo que ela planeja, noite após noite, sente-se menos sozinha quando está tramando, espera a lua cheia, a corda roubada do jardineiro enrolada cinematograficamente embaixo da cama, substitui as requentadas histórias de M. R. James do papai com o terror caseiro de Eve, bem feito para eles por terem ido embora, bem feito para ela por se importar, escapar de sua inquietação eterna no salgueiro onde ela se senta no dia quente se sentindo sem vida, onde ela espera que seus pensamentos parem de delatá-la, ouvindo vozes, com medo de acordar, medo de dormir, arrasta-se para fora do quarto que antes era de Eve, depois por algum tempo foi de Shy, as tábuas do assoalho se queixam, os degraus de pedra sussurram o nome dela, do lado de fora da janela da estufa, a bagagem já arrumada, Eve seja esperta, Eve mais depressa, pule de cima do muro de arrimo, corra pelo gramado, até o jardim lá embaixo, não desconhece as aventuras noturnas, mais leve por correr sem mochila que Shy, mais alta que Shy, mais incisiva que Shy, mais clareza e exatidão nos pensamentos, mais furiosa que Shy, é chocante para ele sentir isso, uma lição e uma amostra, Eve escapa através do eco da cerca de baixo, apressada, ela sobe no salgueiro e ali se resolve, bruscamente sanguinária, aprendeu a dar nós com o papai velejador e distante, esticada no galho da árvore, demonstrar afeto a uma criança com lições técnicas, Shy sente uma pontada de dor pelos gestos de "faça você mesmo" de Iain, noite estranhamente clara, tudo em silêncio, montada no galho do salgueiro, gostando das quase farpas da corda cheirando a gasolina, e então Eve vê dois texugos andando na direção da árvore conforme Shy sonhou com eles saindo do lago, um grande, um menor, animais de verdade, artificialmente fofos e bonitos e encantadores e dignos de um álbum de fotos, grande e vivos, vistos de cima como se a história de outra pessoa tivesse sido inserida ou recordada dentro da história dela, Eve da água-furtada vendo lá embaixo uma estranha atuação, ligeiramente alheia à visão humana, um ângulo aberto, impossível, jamais surpreendido, todos bem resolvidos com as rugas dos trinta anos, estranhas testemunhas, claro que falamos línguas desconhecidas para nós mesmos, claro que falamos texugo, falamos mágoa, amontoados embaixo dela como cachorros, eles farejam e espiam, então a chamam, Olá, Eve, essa noite não, ainda não, encontra Shy, Eve estala a corda, ela bate, bate na árvore, ela diz Sai foooora, ela diz Xô, ela diz Vá embora, ela pergunta Que Shy?, ela ri no sonho e acorda, mas eles continuam, eles zanzam a esmo na base de sua árvore-mundo falando sobre todas as coisas que ela não vai querer perder nos próximos anos, os anos setenta, a música que ainda virá, o amor, os livros, a liberdade de movimento para além do corpo policiado e incomodado nas próprias roupas, a ampliação da própria vida dela, Shy ri das vozes engraçadas dos texugos, ele sente a casca irregular do salgueiro sulcada e marcando as mãos e as pernas deles, sente o leito macio embaixo das patas, sente como é olhar e feder como um texugo, sente como é tentar e enviar uma mensagem através da barreira das espécies, é fácil, é a coisa mais fácil que existe neste mundo em que tudo é tão difícil, Eve se deita no galho e escuta, resignada àquela noite estranha, isso aconteceu antes no escuro, visões apenas parcialmente dela, intuídas, transmitidas pela metade, o rosto na casca, ela olha para o lago e não saberia dizer o que há ali no meio, perto da pequena ilha, mas talvez seja um menino, um busto com cabeça e ombros apenas, parado na superfície só observando, o rosto na grama, o rosto no travesseiro macio, sincero com o destino, a decisão, e os texugos zanzam a esmo tagarelando entre eles sobre coisas que estão acontecendo ou não, e Eve se arrasta para trás e desce pelo galho até o tronco bulboso, salta e aterrissa com impacto dos calcanhares na terra, não pendurada, mas pousada, e dá a volta correndo no lago para verificar se é um menino se afogando, mas não há ninguém ali, nem corpo, nem texugo, nem menino nenhum, mas correr fez com que ela se sentisse bem, de modo que ela corre de novo, agora ela não está morta, ela pode muito bem correr o mais depressa que puder, dando voltas no lago, recordando para ele, como os trens de bitola estreita nas feiras ferroviárias, e ela se despe na estrada de terra através da linha escura das árvores que se eriça contrariada quando ela passa correndo e ela volta para casa, tênis afundando no barro sulcado do campo, e ela corre através da brecha, a respiração soando alto em sua cabeça, martelando vida no coração, ela tropeça no jardim de baixo que é cheio de espinheiros, escorregadio, tropeça e ri de si mesma, escorrega, levianamente, que tonta enlameada, ela deixou a corda amarrada na árvore, uma piada sinistra, mas isso é uma preocupação para amanhã, e ela cruza correndo o jardim e vê uma forma no topo plano do muro de arrimo, no gramado perfeitamente listrado da noite, preto e branco, minúscula embaixo da casa cruel, é um animal, é um corpo morto, é um menino dormindo de calça jeans bufante e moletom de capuz, encharcado, trêmulo, e ao lado dele há uma mochila.

Ela abre a mochila e tira uma pedra,

um belo quartzo irregular

e *que*

porra

é

essa

que

você

seu maluco

está *fazendo?*

porra

Que porra é essa que você está fazendo, seu maluco?

Shy!

Céu ofuscante. Arde estranhamente amarelado.

Ei! Vem ver uma coisa!

Shy ergue a cabeça quando um rolo de papel higiênico delicadamente pousa fazendo *plumpf* ao lado dele. Então uma caixa de CD se quebra perto dele. Depois outra. Ele olha para os lados, depois pela janela aberta, sinais de masturbação e rostos desfocados, dedos médios erguidos, berros. Owen se aproxima da porta do pátio. Shy tateia, acaricia a grama, percebe como ele está frio, como está nada morto, como está congelante e confuso, não consegue enxergar direito, os olhos estão turvos, ele foi tirado do sonho depressa demais.

Brilho.

Ei, OTÁRIO!

Um miolo de maçã marrom atinge seu peito.

Mentalist.

Por que você está todo molhado? Ei, Steppa, o que você tá fazendo?

Ele se levanta, com fortíssima vertigem, cambaleia um pouco e chapinha até a mochila. Já não é noite, ele pode acreditar nos próprios olhos. Abre o zíper do bolso principal e tira um quartzo. O quartzo parece um pequeno gerbo com uma casaca branquíssima, com partes pretas aparecendo em alguns lugares. Frio. Ossudo. O quartzo de Eve. Cabe certinho na mão dele. Ele dá alguns passos na direção da casa e o atira com toda a força contra os vidros da estufa. Cada vidraça é dividida em oito quadrados, e Shy acerta o vidro esquerdo de cima que cai com o clássico tilintar estilhaçado, e Owen volta aos berros correndo para a casa escura, cobrindo a cabeça como um figurante num filme de guerra, fugindo de uma explosão.

Shy anda de volta até a mochila e tira outro quartzo. Os meninos na janela de cima estão urrando e gritando e xingando e zurrando. Esse outro quartzo parece uma cenoura atrofiada, cabe na mão como um pênis torto, enrugado e frio. Ele corre até mais perto da casa e atira o quartzo na direção da claraboia do sótão, e se ouve um impacto chocalhado e um uivo e, em seguida, uma gargalhada enlouquecida dos meninos.

Shy Meu Chapa, que diabos você tomou?

Shy volta correndo até a mochila e a arrasta para mais perto da casa. Ele pega dois quartzos, uma lua do tamanho de uma maçã, um torso em forma de cunha com braços e pernas cortados. Com um gancho, ele atira um no vidro do canto esquerdo da estufa e outro contra a janela escura que achava ser a sua. De volta à mochila e sem sequer olhar, agarrando quartzos, quebrando janelas, ganchos de baixo para cima para as janelas do alto, arremessos de cima para baixo para os vidros do térreo, as janelas mais antigas se partem com som de cristal, setecentistas frouxas e frágeis e fáceis, moles de esmagar, seis janelas, sete, ficou de olho na janela do canto direito que está entreaberta, ele acha que é do banheiro, mas está muito barulhento com todo mundo gritando e berrando e vaiando e o *pro-pro-provocando*, seu fôlego irregular e ruidoso, o coração batendo depressa, e ele começa também a gritar, um berro totalmente inconsciente, como um bebê, pura lamúria, como Jenny disse. *Talvez te faça bem ir a algum lugar e botar tudo pra fora aos berros.* Ele urra sofregamente, retoma o fôlego, avalia seu trabalho e recomeça, voltando correndo até a mochila, gritando e estilhaçando o rosto banguela da monstruosa e bela casa conforme a apedreja, rugindo em consonância com os sons dos vidros quebrados, e nem repara no Owen correndo a toda a velocidade, cento e oito quilos se deslocando pelo gramado, e então ele é derrubado de repente.

Shy chega a voar brevemente.

Te peguei.

Eles aterrissam numa pilha dolorosa, e Owen está deitado sobre ele, ofegante.

Que horror, rapaz.

Shy tenta se mexer, mas é inútil. Tum-tum-tuns latejam nos ouvidos, pulsa um calor de brasa em sua mente, ele não consegue se mexer, está soterrado sob uma colina de Owen depois da chuva, sólida. Ele ruge outra vez, um rasgo pedregoso na garganta, e então ele desiste e descansa o rosto em lágrimas e grama e lama e sente o coração do Owen bater nas costas dele como o ritmo abafado de um break distante.

Está tudo bem, diz Owen. *Já chega. Você está bem agora.*

Shy está deitado dolorido em cima do braço, tentando apanhar um quartzo menor do tamanho de um carrinho de brinquedo. Duro e afiado na mão. Ele o aperta. Ele respira, e Owen fala em sua nuca.

Tudo certo? Vou sair de cima de você agora, certo? E chega de uuuu putaquepariu... Ouve-se um impacto grave e um gemido, e Owen é obrigado a sair de cima dele, e Shy fica exposto à luz outra vez, agarrando seu quartzo quente quando Owen é prensado, escoiceando e resfolegando feito um touro, embaixo de Benny, de Jamie e mais alguém que Shy não consegue identificar, um emaranhado de adolescentes, rolando e socando e segurando as gigantescas pernas de árvore de Owen e sentando em cima dele e dizendo *Vai, Shy.*

Caralho, Shy, vai logo, diz Benny, de modo que Shy se levanta rapidamente e vê que o gramado está tomado pelos outros meninos, todos tirando quartzos da mochila dele, e todos estão quebrando vidraças. Owen se desvencilha de seus oponentes, vermelho e lívido, e os meninos fogem correndo e rindo, pulando e se estapeando, revigorados e excitados pela violência e pela brincadeira, daquele começo de dia extraordinário. Mais gritos na casa, o estalo e o tilintar estilhaçado de vidros quebrados, estalos abafados de pedras sem pontaria contra chumbo ou pedra e Riley berrando *Ei, vão se foder!* quando uma pedra ricocheteia e quase a atinge, e Shy simplesmente fica

assistindo,

segurando sua última pedra, seu brinquedo de 600 milhões de anos, sentindo-se extremamente leve, vazio e sem sentido.

Shy!

Steve e Amanda vêm correndo pela lateral da casa. Ele sente o velho e cansado bruxulear em seu espírito; problemas pela frente, problemas por muito tempo, tudo dando errado, problemas que levarão meses para resolver, problemas para a mãe, problema com a polícia, aquele teatro de todos envolvidos que ele deverá viver ainda outra vez, mas Steve não parece furioso, ele parece apavorado. Amanda vem correndo como uma apresentadora de programas de desafios, em busca de alguma coisa. Desesperada. Eles ignoram todos os outros que estão correndo por ali, nem sequer olham para a fachada da casa. Eles vêm direto até ele.

Shy, venha cá.

Amanda chega primeiro e o puxa para dar um abraço. Steve se junta e coloca os braços em volta dos dois. Shy está no meio. Ele agarra seu quartzo, aquece a pedra na palma úmida.

Eu...

Psiu, Shy.

Caralho, mano, diz Steve.

Eles o apertam mais.

Desculpa.

São várias janelas antigas, ninguém se importa.

Desculpa.

Sério, pode quebrar todas se você precisar, Shy.

Os meninos estão se aproximando, fazendo graça, curiosos, acanhados, *Rapazinho despirocado, você está bem, seu porra-louca?*

Rapazes com frio de cueca e camiseta.

Owen se aproxima e se junta a eles, sangrando no queixo.

Benny atravessa o gramado de sandálias e se junta ao grupo.

Cal chega e põe a mão no ombro de Shy.

Ninguém fala nada.

Os perigosos rapazes ali parados com a Última Chance apedrejada atrás deles.

Shy fica envolvido pelas outras pessoas,

sem peso nas costas,

olhos fechados,

espera outro dia.

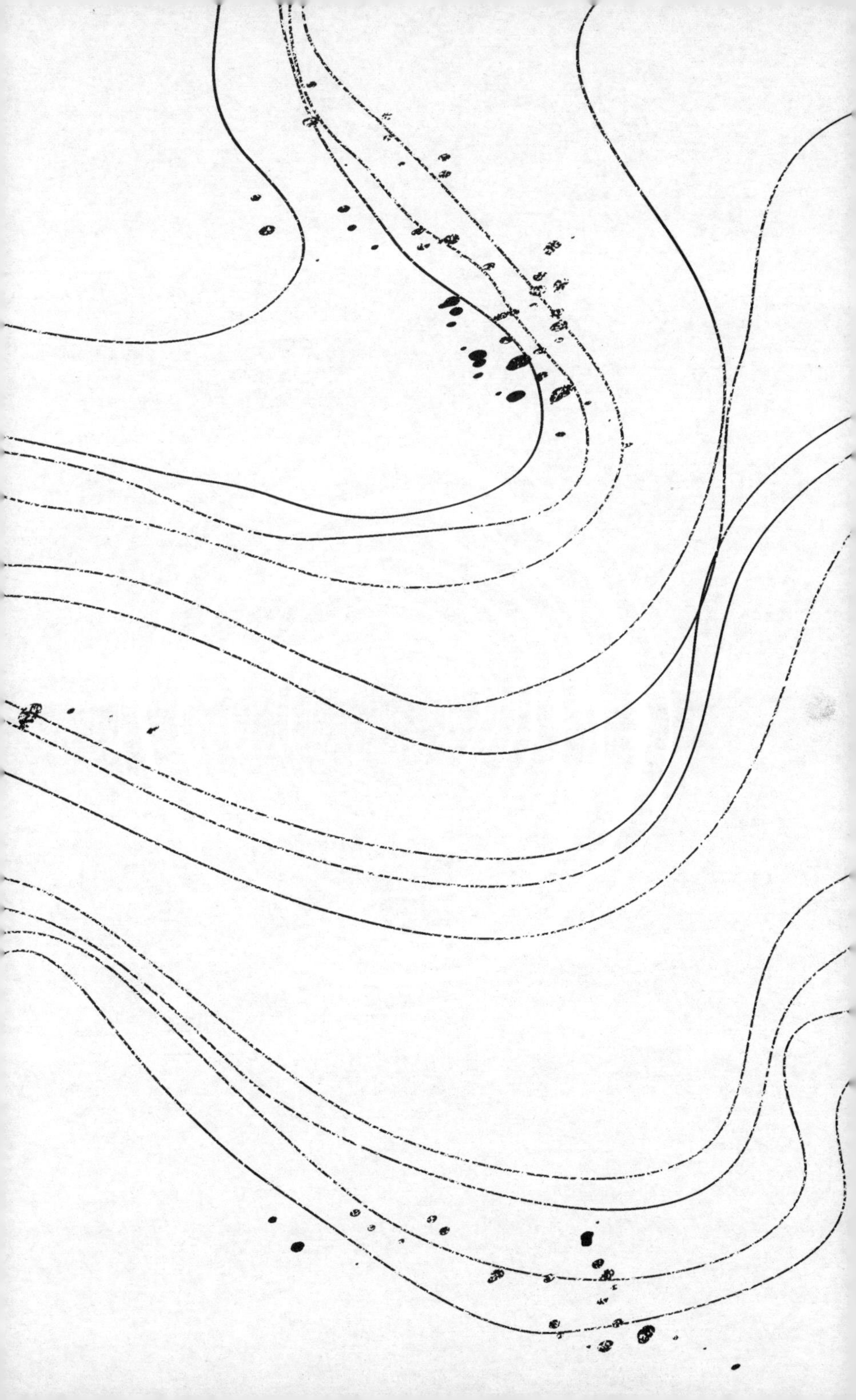

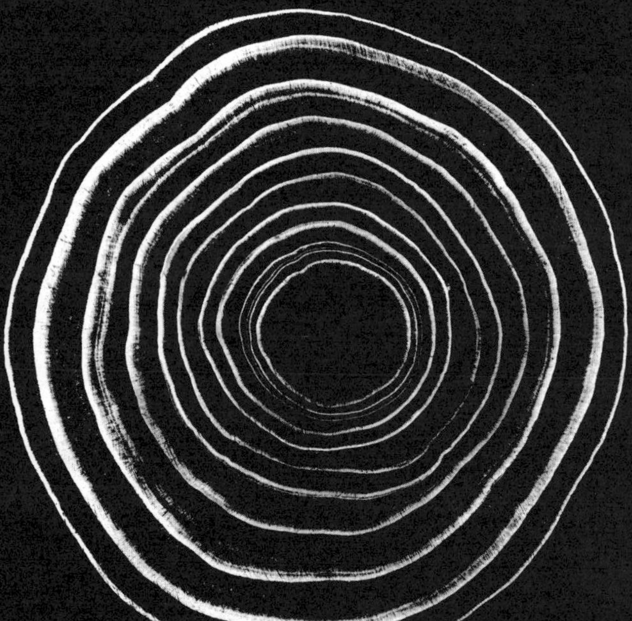

MAX PORTER é um dos nomes mais originais da literatura contemporânea. Escritor inglês e ex-editor da prestigiada revista *Granta*, ele estreou no mercado literário com *Luto Sem Medo* (DarkSide® Books, 2025), obra que conquistou leitores e crítica ao redor do mundo. O livro recebeu prêmios como o Sunday Times/Peter, Fraser + Dunlop Young Writer of the Year, o International Dylan Thomas Prize, o Europese Literatuurprijs e o BAMB Readers' Award. Traduzido para mais de 30 idiomas, ganhou adaptação teatral em 2018 com Cillian Murphy e chega aos cinemas em 2025 em um filme estrelado por Benedict Cumberbatch. Além do sucesso de estreia, Porter também é autor de *Lanny* (2019), considerado um dos romances mais inovadores de sua geração, *The Death of Francis Bacon* (2021), uma obra experimental sobre os últimos dias do pintor britânico, e *Timidez*, seu livro mais recente sobre culpa, fúria, imaginação e infância, e adaptado para o cinema como *Steve* (2025). Sua escrita, que mistura poesia, prosa e fábula, o consolidou como uma das vozes mais inventivas da ficção contemporânea. Saiba mais em maxporter.co.uk.

DARKSIDEBOOKS.COM